李杏儿和小山妖

海小枪枪 著

浙江文艺出版社
Zhejiang Literature & Art Publishing House

图书在版编目(CIP)数据

李杏儿和小山妖 / 海小枪枪著. —杭州：浙江文艺出版社，2022.1（2022.5重印）
（花冠村的秘密）
ISBN 978-7-5339-6607-2

Ⅰ.①李… Ⅱ.①海… Ⅲ.①中篇小说—中国—当代 Ⅳ.①I247.7

中国版本图书馆CIP数据核字(2021)第161625号

策划统筹	王晓乐	责任印制	吴春娟
	邱建国	装帧设计	吕翡翠
责任编辑	沈路纲	插画绘制	秦　婷
责任校对	许红梅	营销编辑	周　鑫

李杏儿和小山妖

海小枪枪 著

出版发行	浙江文艺出版社
地　　址	杭州市体育场路347号
邮　　编	310006
电　　话	0571-85176953（总编办）
	0571-85152727（市场部）
制　　版	杭州天一图文制作有限公司
印　　刷	杭州丰源印刷有限公司
开　　本	880毫米×1230毫米　1/32
字　　数	103千字
印　　张	6.75
版　　次	2022年1月第1版
印　　次	2022年5月第2次印刷
书　　号	ISBN 978-7-5339-6607-2
定　　价	35.00元

版权所有　侵权必究
（如有印装质量问题，影响阅读，请与市场部联系调换）

人物简介

李杏儿

十岁。倔强、机智的小女孩,敢作敢为。短头发,男孩打扮。跟小狗南瓜是欢喜冤家,高兴、伤心的事都会跟南瓜分享。有丰富的想象力,当传说中的山妖出现在她面前时,一点儿也不感到奇怪和害怕,感觉与他们就是失散多年的好朋友。

楝树儿

八岁。腼腆、胆小的小男孩。李杏儿的忠实跟班。经过山妖事件,渐渐勇敢了起来。

精精儿

山妖大哥。憨头憨脑、诚实厚道,忠诚地保护弟弟妹妹,愿意为山妖们做出牺牲。有责任、敢担当,有错揽在身上。山妖们年龄都是上千岁,以下同。

怪怪娃

山妖二弟。有点小心眼儿，爱占小便宜，爱说风凉话，走路总要走在中间，前面有大哥开路，后面有小妹挡着，遇事先跑，也懂得反思。最后还是能勇敢面对。

胡小龙

表面是探险家、科学家，实则是居心不良的珍稀动物贩子。一心想得到山妖，贩卖给国际偷猎集团，因而导致巨大的城市生态灾难，最后得到应有的下场。

灵灵幺

山妖小妹。娇气、任性，爱臭美，有好吃好喝都要多一份。明明长得很丑，偏要自封"山妖小仙女"。认识李杏儿后，意识到自己是长她上千岁的姐姐，就尽量装出姐姐的样子，可还是忍不住要撒撒娇，跟她吵吵嘴，还要李杏儿让着她，保护她。学着人类的打扮，口袋里装一面镜子，动不动照一照，扑扑粉。

目录 Contents

山妖来了　001

山妖三兄妹　015

杏儿上山去做客　033

灵灵幺的小红帽　052

学会了各种生存技能　068

生物贩子的预谋　080

与楝树儿相遇　095

灵灵幺被抓　112

追踪生物贩子　132

胡小·龙拿小红帽干坏事　149

搬救兵　162

变异的城市　176

皆大欢喜　188

 ## 山妖来了

一进入干净透明的秋天,花冠山区的油茶树就开花了。先是零零星星的一小朵一小朵,从枝叶间探出小脑袋,慢慢地撑开洁白的花瓣,露出嫩黄的花蕊,在秋风中摇晃着小身子骨,招招摇摇,散发出甜润润的香味。旁边的花苞不服气,嘤嘤嗡嗡闹着,也跟着招展花瓣,吐露甜蕊……

秋天也就眨了两下眼,白花花的油茶花就呼啦啦地开满了花冠村附近的青蜂山、绿蜻岗、雉鸡岭……雪白白,亮晶晶,像云像雾像梦像大雪一样地白……从最高的青蜂山看过去,花冠村就像戴了一顶洁白美丽的花冠。花冠村的名字,于是就像风吹过来一样自然而然叫开了。

每年油茶花盛开的季节,住在青蜂山密林深处的主

花冠村的秘密

人——山妖们就会不眠不休地吵上三天三夜。争吵的理由只有一个：谁是见到第一朵油茶花开的山妖？

他们都拿出了十足的理由。

有的说，那天晚上他路过花冠村，亲眼看见第一朵油茶花打了个哈欠，撑着小白花伞，从西坡的绿叶丛中冒出来，在枝头跳舞；有的说，他明明听见第一朵油茶花唱着山歌从南山岭开出来；有的说，开在东山巅最娇嫩最漂亮的，才是第一朵开的油茶花……

他们吵得唇干舌燥，在林子里挤来撞去，树叶就发出哗哗的声响，听起来像风吹过树林。

山妖妈妈飞过来。她落在最高的枝头，看着争得脸红脖子粗的孩子们，无声地笑了。她喜欢看他们争吵，这使山妖们的脸庞像油茶花一样滋润饱满。

花冠村的青蜂山有许多山洞。山洞口植物掩映，看上去一点也不起眼。一进入山洞就豁然开朗，洞洞相连，后面是一大片山谷地，长长的瀑布，短短的溪流，漫山遍野都是蓝莹莹的蓝萤花和高高的云杉树。蓝萤花是山妖们的吉祥花，有蓝萤花的地方就聚集着一大群山妖。云杉树上长满亮晶晶的琥珀，一到晚上就把山谷照得透亮透亮。

李吉儿和小山妖

这是一个美得像天堂一样的山妖世界。

山妖们长得像一坨坨蓝色的棉花糖，整天飘在半空中的树梢上。平时没有手脚，需要拿东西或走路的时候，身体里就会自然而然生长出手脚，就像树木抽长枝叶一样自然。他们有一双大眼睛，黑得见不到底。照理说有大眼睛的，一般不会太难看。可他们的鼻子是塌的，耳朵是招风的，嘴巴倒是小小的，小得像针眼儿似的，怎么都好看不到哪儿去。

不过这并不妨碍他们时不时跑到水潭溪泉边照照自个儿，美滋滋地跳个舞，弄得泉水叮叮咚咚唱起来，树叶们也纷纷飞旋起来。

山妖们很早就住在这里，比第一个搬到花冠村的村民至少要早一千年。他们是真正的原住民。

如果只有几个山妖在一起玩，会有淡蓝色的雾霭。当许多山妖聚在一起，山谷就会弥漫起深蓝色的雾霭。这些深深浅浅的雾霭，一年又一年使得树木葱郁、花草葳蕤、虫兽活跃。有山妖的地方，万物生机勃勃。一旦山妖离开，山林也就随之凋零荒芜了。

现在，山妖们还在争吵着是谁看到第一朵油茶花开。

花冠村的秘密

精精儿憨声憨气地说:"大家不要吵了,第一朵油茶花蜜好吃,第一百零一朵油茶花蜜也好吃。"

怪怪娃愣头愣脑地说:"就是,有这吵的力气,还不如多吃几口油茶花蜜。"

灵灵幺娇声娇气地说:"哎呀呀,我等油茶花蜜都等了一年了。"

山妖们突然鸦雀无声。林子静寂,一滴露水从树叶滴落,在叶尖迟疑了下,还是小心地落下,落在槭树叶上,发出巨大的声响。

这声响惊醒了山妖们,他们一下子搂搂抱抱跳跳,扭在一起。于是山林的雾霭像丝绸一样缓缓地流动旋转。

油茶花蜜是蜜蜂不敢轻易采的蜜,因为这花蜜太多太浓稠,幼年的蜜蜂采了会因为消化不良而死去,所以油茶花盛开的季节,蜜蜂们盘旋在花林外,只能贪馋地闻闻香甜的气息,怏怏地飞离。

可山妖们最喜欢油茶花蜜了,每年最期待的就是油茶花开。

山妖妈妈从枝头飘下来,山妖们嚷嚷着要妈妈一块儿去。

山妖妈妈用温柔的目光抚摸每一个孩子。她喜欢每个孩子,能从他们身上看出别的山妖用千年火眼金睛也发现不了的优点。可她还是偏爱其中三个孩子:精精儿、怪怪娃、灵灵幺。当然这只能瞒着其他的山妖孩子,悄悄地喜欢。

山妖妈妈说:"孩子们,去吧。记住,我们吃花蜜是为了帮助油茶种子长得更结实。当然最重要的,不要与人类有任何接触,这是做山妖的千年规矩。趁着人类还没上山,快去吧。"

她的目光落在三个孩子身上,目光更柔和了:"精精儿、怪怪娃、灵灵幺,你们好好带着弟弟妹妹,早去

早回。"

精精儿点点头。然后,这一团朦胧的蓝雾飘过蓝萤花,飘出山洞,飘向油茶花林。

这个时候,整个花冠村依然睡眼惺忪,沉睡在晨雾里。

花冠村的村民以种植油茶为生,油茶把他们一代代养大。

秋天油茶花开,他们采摘花蜜。冬天采摘油茶种子,榨油。春天油茶会开出茶苞茶耳朵,这些小果子又香又甜又养人。

花冠村山脚下是青木瓜镇,油茶采摘后会被送到镇油茶厂榨油。从花冠村到青木瓜镇,要翻过两座大山、十三条溪流、二十一处浓密的树林。把油茶种子运到青木瓜镇是件很费力的事,来回得两天。

聪明的花冠村人想出了好办法。他们把毛竹对半剖开,挖通竹节,一根根连接起来,贴着重重叠叠的大山山壁盘旋而下,一直通向青木瓜镇油茶厂。油茶种子顺着竹管像潮水一样涌下,到了青木瓜镇油茶厂,经过加工,就会变成一桶桶油,装上火车,轰隆隆地驶向全国各地,让

人们吃到最香最香的茶油。

这是花冠村一年中最繁忙的季节。花冠村人用油茶换来生活所需的食物和其他物资后,就回到村子,等待下一季油茶花开。

太阳刚从青蜂山露出红光,第一个打开花冠村屋门的是村里最年长的九公公。他一醒来就不停地吃山果:野蓝莓、桃金娘、地石榴、金钩子、覆盆子、刺梨、狗屎梨……吃饱后他就继续睡觉,哪怕月亮挂得高高的,银光铺满山村,他也不会像别的老人那样坐在山村老柿树下讲述八百年前的旧事。

九公公说得最多的一句话就是:"不要去惹山妖。山妖是大山的保护神。"

九公公和孙子楝树儿一起生活。楝树儿是个梳着小辫子的腼腆羞涩的小男孩儿。他还不到上学的年龄,却认得山里的每一种植物。

花冠村的村民很听九公公的话。他们爷爷的爷爷跟九公公是小伙伴,现在他们爷爷的爷爷已长久地睡在山上,九公公的脸颊还像朝霞那样红彤彤,他们觉得九公公差不多是神仙了,神仙的话怎么能不听呢?

山妖们飞向花冠村的时候，九公公还在做他的第七个梦。楝树儿在做第六个梦。他们一晚上各自要做八个梦。

花冠村最北面的小山坡有两间天蓝色的木屋，木屋小主人李杏儿在做她的第九个梦。她要比九公公和楝树儿多做一个梦。这时候，她梦见自己和一群山妖们在痛痛快快地吃油茶花蜜。那滋味啊，比开火车的爸爸带来的巧克力香甜多了。

半夜的露水滴落在嫩黄色的花蕊上，凝成晶莹的凝露，这就是山妖们最爱的油茶花蜜。他们飞向闪烁着无数凝露的花丛，尽情享受向他们敞开怀抱的流蜜般的天堂。

山妖们并不知道，有个小女孩，此刻在梦中与他们共享甜美。

李杏儿觉得自己像蜜蜂般飞起来，嘤嘤嗡嗡飞到花丛中，钻进每一朵花蕊，吧唧吧唧吃花蜜。吃着吃着，忽然飘来了一片蓝色的迷雾，纱幔般把她卷拢起来。她感觉谁推了她一把，谁又搡了她一下，转过脸看只是一团团蓝色迷雾，好像有个调皮的孩子躲在迷雾后逗她玩。

李杏儿撇撇嘴，扭了扭腰身说："不要吵不要吵，我

花冠村的秘密

还要吃蜜呢。"

她捧着花蕊吃了一朵又一朵，一朵又一朵，满头满手沾满了嫩黄色花粉，满脸满嘴都是黏黏的甜汁，那味儿又甜又润又水又香……

吃着吃着，那团蓝色的迷雾飘到面前挡住她，她什么也看不到什么也吃不到了。李杏儿急得大喊："不要挡住我，我要吃蜜，我要吃蜜……"

"汪——"一声尖厉的狗叫惊醒了她。

李杏儿屁股一疼，醒过来，发现自己从床上掉到了地上，砸在躺在下面守着她的南瓜身上。睡得香香的南瓜躲闪在边上，气愤地冲着她大叫，眼眶里闪着亮晶晶的光，那是被砸疼的泪花。

李杏儿舔了舔嘴角，嘴角还有甜丝丝的滋味。她嗅了嗅手，手上还有油茶花香。这么说，她真的在梦中吃过油茶花蜜了。

每年油茶花开的时候，她总想着吃花蜜。吃花蜜的最好时间是太阳还没出来的时候。可她贪睡，总是吃不到。这回倒好，梦中吃了一回。

李杏儿咧咧嘴笑了。如果一晚上做的九个梦都是吃花

蜜,那该多好。

汪汪汪!南瓜悲伤地冲着她叫。

李杏儿奇怪地说:"南瓜,你吵什么吵啊?"

南瓜弓了弓背,扭了扭腰,再生气地汪汪两声。

李杏儿这才明白过来,连忙给它揉背,解释道:"不怪我不怪我啊。你睡得离我这么近干吗?还有,谁让你睡觉不戴眼镜的,我这么大个儿掉下来都看不见啊?哎,你的眼睛越来越近视了,真是的。"

南瓜委屈地汪汪叫。真是怪自己眼睛太近视,投胎到这么个不省事的小主人家。

李杏儿把南瓜搂在怀里,絮絮叨叨:"南瓜,知道我刚才做了个什么梦?你猜你猜,我数三下,猜不出我就打你屁屁了。三,二,一。"啪!南瓜委屈得眼泪汪汪。

李杏儿摸着它的头唠叨:"嘿嘿,我梦见吃油茶花蜜了。油茶花蜜可好吃了,我可是吃它长大的。今年还没有,我等妈妈从青木瓜镇回来带我去。妈妈不让我一个人去,说有山妖,会把小孩子抓去当点心吃。南瓜,你知道山妖是什么吗?是小孩子还是白胡子老爷爷?那油茶花蜜真甜啊。对了,有一团蓝色的雾飘来飘去挡着我,好像里

面躲着个调皮的小孩儿……"

李杏儿跟南瓜絮絮叨叨的时候,山妖们吃过油茶花蜜,舔着针眼儿似的小嘴巴,打着甜丝丝的饱嗝,往花冠村飞过来。

山妖们飞到花冠村村口的老柿树上,树上挂着一个个开始泛红的柿子,像一盏盏招招摇摇的红灯笼。从树上看下去,花冠村口的小广场上有一堆小孩在玩游戏。

一个小孩站在前头,张开手臂掩护身后长长的螃蟹串似的小孩,他们一个接一个拉着前面小孩的后衣襟。另一个小孩站在他们对面,跃跃欲试要去抓那串螃蟹似的小孩,都被那个张开手臂的小孩挡住。

他们麻雀似的叽叽喳喳,蹦着跳着跑着,吵着笑着闹着,每个人脸上开满了油茶花蜜般甜美的笑。

山妖们看呆了,人类好有趣好快乐啊,这是他们从来没有玩过的游戏。

灵灵幺小声说:"我也想玩。"

怪怪娃接着小声说:"我也想玩。"

山妖们把目光投向精精儿。精精儿一声不吭,嘴巴像被花蜜糊住了似的。

李杏儿和小山妖

于是山妖们一个接一个说:"我也想玩,我也想玩,我也想玩——"

后面他们都大喊起来,把精精儿的耳朵都快震聋了——当然,这声音只是传递在山妖之间,人类听起来只是比穿过树梢的风声响了些,树叶哗哗翻飞。

精精儿说:"妈妈警告过我们,山妖一旦跟人类接触,打乱彼此的生活,就会给整个山妖家族和人类带来灾难。"

山妖们轻声说:"什么是灾难?"

"灾难是什么样的?"

"是圆的方的,还是长的短的呢?"

这些小山妖出生以来,他们的世界都是安安静静的,他们吃油茶花蜜,在蓝萤花地里跳舞,倾听山林里风的歌声和溪流的悄悄话,采摘最甜美的野果吃……一百年,两百年,五百年——他们的生活就是这么慢慢流淌过去的,他们的几百年就像几天一样。

精精儿看了看弟弟妹妹们。他们跑到孩子们中间,顶多就是一团蓝色的雾,除了挡住孩子们的视线,给人家添麻烦,一点用也没有,有什么好玩的呢?精精儿一向很爱护弟弟妹妹,他说:"妈妈叮嘱过我们早去早回,赶紧回

家吧。"

精精儿飞离柿子树,碰到了一个柿子,晃了两晃,转头往前飞去。其他山妖们嘟嘟囔囔不情不愿,可还是很听话,跟着往前飞去。

怪怪娃和灵灵幺飞到他身边,一左一右,像两只小喇叭一样在他耳边鼓噪。

怪怪娃说:"我们要玩嘛,你怎么不让我们玩?"

灵灵幺说:"我不要回家,我要玩我要玩。"

精精儿看了看别的山妖,小声说:"下回再来。我们得带上一样东西。"

怪怪娃和灵灵幺惊喜地说:"什么东西?"

精精儿说:"小红帽。"

山妖三兄妹

精精儿带着怪怪娃和灵灵幺又一次出现在花冠村,是在两天后的清晨。

他们戴上了一顶小红帽。戴上小红帽的他们变透明了,连帽子都是透明的,也就是说他们变成空气人了。如果摘下帽子,他们就是普普通通的小孩,跟花冠村的孩子没什么两样,顶多就是外村的陌生小孩。

小红帽是山妖们的护身法宝,一直藏在山妖妈妈的樟木箱里。这天,他们趁着妈妈午睡时偷出来了。

花冠村的孩子们在小广场上玩另一种他们没见过的游戏。

两队孩子在对拉一根绳子。一队是女孩,一队是男孩。女孩人数多,男孩人数少。绳子中间绑着一根红带

花冠村的秘密

子。他们使劲往自己的方向拉，喊着"拔呀拔呀拔萝卜，拔呀拔呀拔萝卜……"。

为什么这么多人拉一根绳子？可他们又笑又喊的，看起来一点也不像在争抢吵架。这到底算什么游戏？

灵灵幺惊奇地说："他们明明在拉绳子，为什么说拔萝卜？"

怪怪娃撇撇嘴说："我不喜欢萝卜，一点也不好吃。"

精精儿观察了一会儿，指着女孩队伍说："我们帮女孩们，男孩们太欺负人了。"

精精儿飞向女孩的队伍，弟弟妹妹也跟着飞去。

三个山妖一加入，这支队伍顿时增添了神秘力量，一下子把绳子连同那边的男孩们都拉过来了。男孩们猝不及防，接二连三扑倒，叠罗汉似的叠在一起，哎呀呀哎呀呀直叫唤。

女孩们都懵了。她们只觉手头突然一松，好像有一股无形的力量帮她们用力，一下子让她们赢得了拔河游戏。她们来不及细想这股神秘的力量到底来自何处，一个个一蹦三尺高，欢呼胜利。

三个山妖比她们更高兴，抱在一块儿偷着乐。他们心

里开出了一朵朵花,从来没有感觉过的欢欣喜悦像冒水泡儿似的从身上冒出来。吱吱吱,吱吱吱……都听得到那欢乐的声音了。

接着,男孩女孩们又开始玩别的游戏。

不管他们玩什么,总有奇奇怪怪的事发生。比如毽子一踢,居然飘上天空飞走了,孩子们正着急,毽子飞了一圈又回来了;风筝缠上高高的树枝,孩子们直跺脚,就算山里孩子,也没人能爬那么高,可没过一会儿,一只鸟衔着风筝飘飘忽忽飞回来,扔给他们;玩捉迷藏游戏,不管藏得有多好,那蒙眼睛的一会儿就能把他们找出来,连躲进烟囱的都能找到;玩踩影子游戏的更奇怪,因为被踩那人的影子突然不见了,好像有谁把他的影子偷走了……

有个男孩拿毛毛虫欺侮一个女孩,女孩被吓哭了,突然男孩后背被人打了一下,他懵懵懂懂地看看周围的空气,吓得扔掉毛毛虫就跑了。

每个孩子都觉得他们中间好像突然多出了几个人,跟着他们一块儿玩,特别有趣,特别刺激,特别奇怪,让人又兴奋又害怕,可谁也说不出怪在哪儿。但他们只顾着玩,谁也没有去细想。

花冠村的秘密

怪怪娃和灵灵幺玩得气喘吁吁,跟精精儿说:"妈妈骗我们,人类多么可爱多么好玩啊。早知道这样,早该过来跟他们一块儿玩了。"

精精儿觉得妈妈是不会骗他们的,可怪怪娃和灵灵幺也没说错。他想催弟弟妹妹该回去了,但看着他们亮晶晶的眼神,特别是灵灵幺这个平时娇里娇气的小山妖,此刻笑成了一朵丑巴巴的花,做大哥的他还是把催促的话咽了回去。

憨厚的精精儿心想,让他们再玩一会儿吧。妈妈要骂的话就骂我吧。

不过没一会儿,山妖们不得不回去了,因为孩子们的妈妈来找他们了。妈妈们总是赶各家小鸡雏似的,赶着他们回家。有一个妈妈还拿着根小竹鞭,凶巴巴地对孩子说,再不回去就抽他的屁股,让他的屁股开花,那孩子赶紧一溜烟往家跑。

山妖们想起了他们的妈妈,那比太阳还要温暖、比云朵还要柔软的山妖妈妈,觉得很惭愧。他们偷了妈妈的小红帽,偷跑出家一整天,妈妈能不着急吗?

精精儿嗖地飞离小广场,两个小山妖紧紧跟上。

李杏儿和小山妖

他们飞经花冠村最北面的两间天蓝色小木屋时,一个脆生生的女孩声从屋子里飘出来,接着是汪汪汪的狗叫声,再接着又是那脆生生的女孩声。

精精儿慢了下来,听起来那里面像是在吵架。他一迟疑,怪怪娃和灵灵幺就落了下来。所有的孩子都有一颗好奇的心,人类是这样,山妖也是这样。

怪怪娃和灵灵幺贴着窗口往里瞧,精精儿贴在他们身后。

屋子里是一个十岁左右的女孩和一条狗在吵架。女孩要出门,狗拦着不肯让她去。

李杏儿说:"南瓜,你给我走开,你再拦着,我把你扔下山谷去。"

那只叫南瓜的狗戴着黑框眼镜,看起来又老气又滑稽,汪汪地叫着,挡着李杏儿的去路。

李杏儿说:"山谷里有老虎,有狼,有狮子,有大熊,它们没

小孩,会把你当小孩衔走,让你回不了家。"

南瓜一点也不害怕她的威胁,依然阻止小主人的离开,梗着脖子冲她汪汪叫。

李杏儿在屋里打了几个转,找到了一根细细的树枝,挥舞了几下,朝南瓜挥去——精精儿急了,迅速飞进窗口,摘下小红帽,塞进口袋。

就这样,一个其貌不扬的男孩像从地底下冒出来似的,突然出现在李杏儿面前。李杏儿张大嘴巴,像有谁给她嘴里塞了一个大苹果,她吃惊地看着面前这个跟她差不多年龄的陌生小男孩。

精精儿大声说:"你,不能打小狗。"

李杏儿身后有两个声音跟着说:"是啊是啊,人不能欺侮小狗。"

李杏儿赶紧转过身,身后站着跟刚才那个小男孩差不多长相的一个小男孩和一个小女孩。这样李杏儿的嘴里像被塞进了三个大苹果,张得更大了。

她朝后连连退了几步,一下子跌倒在地。

刚才跟她吵吵的南瓜,这回蹿跳出来,冲着三个莫名其妙出现的丑小孩,龇牙咧嘴恶狠狠地叫,亮出白森森的

牙齿,那决一死战的模样简直把自己当成下山猛虎了。南瓜嗅出了他们身上的异样气息,青青涩涩的,有点像刚开的油茶花,又有点青草味儿。

山妖们愣了,女孩明明在欺侮小狗,小狗反而这么护着她。人类和人类的世界真是太奇怪太猜不透了。

李杏儿使劲搂着南瓜,用杏仁儿似的眼珠子瞪着从天而降的三个又丑又陌生的小孩,声音都哆嗦了:"你们,你们是什么人?门关着,你们怎么进来的?"她一边说一边连打了五个喷嚏,好像着了凉。其实她害怕了,她一害怕就会打喷嚏。

屋子里突然出现三个陌生人,任谁都会害怕,何况是三个塌鼻子、招风耳、小嘴巴的丑小孩。

精精儿吞吞吐吐地说:"我们,我们是,是——"他一向不会撒谎。

怪怪娃伶牙俐齿地说:"我们是隔壁村的,走亲戚经过,你干吗打小狗啊?"

灵灵幺看着李杏儿非常羡慕,因为这个小女孩太漂亮了。她一直认为自己是山妖们里最漂亮的一个,总把自己打扮得花枝招展,还硬让精精儿和怪怪娃叫她"山妖小仙

女"。精精儿和怪怪娃被逼着叫,久而久之,她似乎成了最漂亮的山妖——可跟这个小女孩一比,她简直就是一坨泥巴。所以灵灵幺什么话也不说,只用那双唯一还算好看的大眼睛使劲打量李杏儿,想从她脸上找出比不上自己的地方。

李杏儿从三个丑小孩脸上没看出什么恶意,再看看他们都比自己小,她掂量了下,自己加上南瓜,应该能打得过他们,再说在自己家,他们还能怎么着?

他们互相掂量对方的时候,狗狗南瓜围着三个小孩使劲地嗅。它虽然近视得厉害,可嗅觉特别灵敏。它嗅出了他们身上的异样气息,这不是属于人类的气息,它便冲着他们一个劲儿尖厉地汪汪,提醒小主人,对方来者不善。

李杏儿从地上站了起来,拍了拍衣裤,咳嗽了一声,拿出小主人的架势说:"我跟南瓜在玩我们的游戏。对了,你们不经主人同意,就闯进人家家里,很没礼貌的,现在请你们出去,敲敲门再进来。"

三个山妖一脸懵懂,没听懂她的话。李杏儿又重复了一遍,指着门口让他们出去。三个山妖这回听懂了,就听话地打开门出去。他们刚一出去,李杏儿就紧紧关上门,

又搬来椅子挡住,喊来南瓜,一人一狗坐在椅子上。她以为刚才门没关紧,所以才让人溜进来的。

关在门外的三个山妖明白了,他们是被骗出来的。

精精儿老老实实地说:"她不欢迎我们,我们赶紧回家吧。"

怪怪娃说:"她不喜欢我们,把我们赶出来了。"

灵灵幺说:"我想跟她交朋友,我想知道,嗯,她为什么这么漂亮。"

怪怪娃看了看她的小丑脸,没好气地说:"你就算再过三百年,也没她漂亮。"

灵灵幺的嘴瘪了瘪,眼看着快哭出来了。

精精儿连忙安慰她:"你是我们的山妖小仙女,整个山妖世界找不出比你更漂亮的山妖了。"

灵灵幺跑到旁边的小溪流,仔仔细细照了照自己,露出了放心的笑。

屋里的李杏儿说:"南瓜,你怎么看门的?怎么能让三个丑小孩跑进我家?"

南瓜委屈地汪汪,心里说我不是一直跟你在一起嘛,怎么能怪我呢?

花冠村的秘密

李杏儿说:"你天天就知道玩,一点也不帮家里做事,看妈妈回来了怎么说你——"

她突然不说话了,因为三个丑小孩又出现在了面前,背着手一字儿排开,笑嘻嘻地看着她。她吓得从椅子上滑下,抱起南瓜,打了一个特别响亮的喷嚏。南瓜来劲了,又冲着他们汪汪。

李杏儿声音哆嗦地说:"南瓜别怕别怕,我保护你,不会让你掉一根狗毛。"

灵灵幺这回说话了,她努力让声音听起来娇娇柔柔的:"你不要怕嘛,我们是好山妖——不,我们是好小孩,想跟你交朋友。"

怪怪娃说:"对对,我们想和人类——和你们做好朋友。"

李杏儿又从地上爬起来,努力镇静地说:"那,说说你们叫什么名字?"

灵灵幺连忙说:"我叫灵灵幺,我大哥叫精精儿,我二哥叫怪怪娃。"

李杏儿说:"这名字听起来怎么怪怪的?不像人的名字。"

三个山妖互相看了看,有点紧张。人类好厉害,一眼就看出他们不是人类。

怪怪娃说:"是啊是啊,嘻嘻,我们的名字多特别多有个性,妈妈给我们起名字时,想了一百八十年呢——"

李杏儿惊叫:"想了一百八十年?!"

灵灵幺说:"我二哥就爱胡说,这样会显得他特别聪明,你别理他。哎,你叫什么名字?为什么一个人?为什么跟小狗吵架?它欺侮你还是你欺侮它?"

李杏儿觉得这三个丑小孩很碎碎念,不过她现在有点烦,正想找人说说话,就告诉他们,她叫李杏儿,妈妈在青木瓜镇油茶厂上班,一周回一次家。爸爸是开火车的,总是在远方。她在村小学读书,星期天放假。狗狗叫南瓜,是只高度近视狗,但嗅觉非常厉害。

李杏儿带着警告意味地说:"谁要是不怀好意,它就能嗅出气味。"

南瓜受到鼓励,冲着他们龇出白牙,恶狠狠地叫。

三个山妖异口同声地说:"爸爸是什么?火车是什么?"

李杏儿看了看屋外,天清清朗朗,远处的油茶花白得像云朵落在山顶,天上的白云像油茶花飘上天空。她没做

梦,现在也不是半夜。这三个丑小孩不会是小傻子吧?

李杏儿说:"嗯,我、妈妈、爸爸,我们是一家人。我爸爸是能让火车跑起来的了不起的人。火车是一种很长很长能移动的铁家伙,能跑很远很远的路。"

三个山妖还是一脸呆相,李杏儿的话让他们更糊涂了。

因为山妖爸爸等他们生下后都会离开,去另一处没有山妖的山,让树木郁郁葱葱,让山林生机勃勃。这是千百年来山妖世界的规矩。山妖的世界只有妈妈,没有爸爸。

李杏儿忽然懂了,心中满是同情,这是没有爸爸的三个孩子,自然不知道爸爸是什么人。她不再计较他们的不礼貌和傻乎乎,于是她认真解释:"爸爸是世界上最勇敢的人,他能打败让小孩子害怕的妖魔鬼怪,比如那些山妖啊、地精啊、坏人啊。"

精精儿连忙说:"不对,山妖是好的,山妖从来不会干坏事。"

怪怪娃和灵灵幺也跟着说:"对对,山妖是很好很好的好人——不,好山妖。"

李杏儿听妈妈说过,山妖是大山的保护神,山妖吃过花蜜的油茶林的油茶种子榨出的油特别香。不过她既然这

么说了,也不好改口,于是辩解道:"我也是听人家说的,又没见过山妖长什么样,不知道长的短的,漂亮的还是很丑的——"

灵灵幺急了,指着自己说:"特别特别漂亮,你看看我长得怎么样?"

李杏儿随随便便看了她一眼,天啊,这个小丑女孩居然说自己漂亮,她是不是从来没有照过镜子?或者根本不知道漂亮是什么?于是她忍着笑说:"我听村里年纪最大的九公公说,山妖很丑很丑,塌鼻子、招风耳、针眼儿嘴,你又不是山妖——"

灵灵幺气得耳朵都竖起来了,跳着脚、挥着拳头喊:"乱讲,山妖是全世界顶顶漂亮的妖精,你要是不信,我变给你看——"

精精儿迅速把拳头塞进灵灵幺的嘴,堵住她即将说出来的话。灵灵幺张着嘴说不出话。看上去那拳头像是棉花做的,灵灵幺原本针眼儿似的嘴一下子撑得大大的,像在吃棉花糖。

李杏儿还没来得及惊愕,精精儿马上把拳头从灵灵幺的嘴里拿出来,甩了甩手上的口水。灵灵幺的嘴又变成了

针眼儿。这一切发生得太快。李杏儿擦了擦眼睛，怀疑自己看错了。她问南瓜刚才看到了什么。

南瓜推了推近视眼镜，也是一脸茫然。

灵灵幺对精精儿嚷道："你干吗塞我嘴，害我肚子饿了。"她张望屋子，"哎，你家里有没有好吃的？"

她的眼睛很尖，看见桌上篮子里有新鲜山楂，就扑了上去。李杏儿的身手也不慢，也扑了上去。她们紧紧抓住山楂篮，虎视眈眈看着对方，从对方亮晶晶的眼珠子里看出了自己小小的影子。

灵灵幺说："我喜欢吃山楂。"

李杏儿说："我更喜欢吃山楂。"

灵灵幺的眼珠转了转，看见地上角落里的一堆野果子，又扑过去，刚伸出手，李杏儿的手按在了野果子上。

灵灵幺说："我爱吃野猕猴桃。"

李杏儿说："我更爱吃野猕猴桃。"

灵灵幺说："为什么你喜欢的跟我一样？"

李杏儿抓了一个野猕猴桃，举到灵灵幺鼻子前："这话应该是我说的。为什么你总是学我的样儿？我喜欢什么你也喜欢什么。野猕猴桃很酸很酸，酸得掉大牙，你敢吃吗？"

李杏儿和小山妖

灵灵幺接过果子,连皮都不剥就塞进嘴里,嘎嚓嘎嚓地咬嚼起来。精精儿和怪怪娃不喜欢酸果子,听着那酸爽味儿就浑身打颤。

李杏儿第一回发现有人跟自己一样,酷爱吃这种酸出三里地的酸果子,整个花冠村也找不到这样的好对手。她抓过野猕猴桃也吃起来,当然她啃掉了皮。嘎嚓嘎嚓,嘎嚓嘎嚓。两人抢着吃,赛着吃,吃着吃着就搂肩搭背了,成了不吃不成交的吃货朋友。

精精儿和怪怪娃,还有南瓜,被这酸爽味儿熏到了角落。南瓜摊手摊脚倒在地上,有气无力地呜呼,柔弱得像一只猫。它有晕酸症,顶怕李杏儿吃酸果子。

李杏儿和灵灵幺发现除了吃酸果子,她们还有太多相同的爱好和习惯,比如都喜欢喝凉水,爱赤脚,高兴的时候喜欢扯头发,害怕的时候会打喷嚏,生气的时候耳朵会竖起来,嫉妒的时候鼻子会歪……两人越说越投机,简直就是失散多年的好朋友。她们勾肩搭背,眼对着眼,鼻子对着鼻子,叽叽咕咕呱呱,从眉毛说到鼻子,从吃喝说到玩耍,从长头发说到短裙子……

南瓜从晕酸症中慢慢清醒过来,看着李杏儿跟人家亲

花冠村的秘密

亲热热，嫉妒得鼻子都歪了。它这个毛病是从小主人身上学来的。

精精儿看看天色越来越暗，不由得焦急起来，对灵灵幺说该走了。灵灵幺没理他，继续跟李杏儿呱啦呱啦。

怪怪娃也急了，因为天色一暗，他们的小红帽就遮不住真身了，就会露出他们的山妖本色，一团棉花糖似的软塌塌的模样，非得把人吓死不可。怪怪娃拉起灵灵幺就要走。

灵灵幺拉着李杏儿："杏儿，去我家玩，山上有更多更好玩的东西。"

李杏儿跟她聊得正欢，想也不想就说好，起身就要跟着出门。

南瓜一下子咬住她的裤腿，呜呜叫着不肯让她走。南瓜早就嗅出这几个陌生小孩身上青青涩涩的气味，这气味太怪了，它必须负起保护小主人的职责。

李杏儿说："南瓜你再啰啰唆唆，我把你炖狗肉了。"

李杏儿至少在嘴上炖过南瓜十八回狗肉。南瓜每回都会委委屈屈让着她，谁让她是小主人呢？但这回南瓜不肯让了，它死死咬住李杏儿的裤腿不肯放。

这时门外响起人说话的声音，有人大声问李杏儿借箩

筐去山上挖笋。

精精儿忙说快走。精精儿拉起怪怪娃，怪怪娃拉起灵灵幺，灵灵幺拉起李杏儿。精精儿只好背上李杏儿一起飞出门去。

进屋的人眼睁睁看着李杏儿从屋里飞出来，一眨眼，整个人就消失了，好像这个小女孩突然能腾云驾雾了。那人以为自己眼花了，擦擦眼，只见那只近视眼狗南瓜冲着天空汪汪叫。怪怪娃冲下来，对那人笑了笑，捡起南瓜又飞上了天。南瓜一转眼也跟着消失了。

眼前突然出现一个大眼睛小嘴巴的小丑男孩，居然还笑了笑，那人眼睁睁看着一个大活孩子和一只大活狗凭空消失在眼鼻子前，吓得魂飞魄散。油茶花蜜的甜香随风一阵阵飘过来，飘满花冠村的每一个角落。屋边的溪泉不停地流，溪泉边的野花一簇一簇地开。他掐了自己一把，很痛，不是在做梦。眼前发生的一切看来不是幻想，那么一定有什么怪异的事发生了。

他爬起来，又摔倒，又爬起，又摔倒。他跌跌撞撞往村子里跑，边跑边吼叫："山妖来了，山妖把杏儿抓走了，把南瓜抓走了。山妖来了——"

杏儿上山去做客

三个山妖把李杏儿带到一片茂密的山林,从空中飞下来。

李杏儿像片树叶一样轻飘飘地落在草地上。南瓜跌在她脚边。一人一狗趴在地上互相看,他们还没弄明白,自己怎么突然从花冠村来到了这里。

李杏儿只觉得自己突然变成了轻盈的燕子,手变成了一对翅膀,脚变成了一对尾翼,飞过屋前的山沟、溪流,飞过花冠村的山岭、峡谷、油茶林。因为太慌张了,她紧紧闭上眼睛,什么也没看,只听见耳边风声呼呼,然后就落地了。

南瓜蜷缩在她腿上,此时它一点也没有刚才要保护小主人的厉害气势,变成了要李杏儿保护的小猫咪。

花冠村的秘密

灵灵幺指着一条幽深浓密的峡谷说:"我们家从这里进去,现在你闭上眼睛,我们带你进去。"

李杏儿这时渐渐清醒过来,她开始发现,自己面临一件从来没有经历过的匪夷所思的事。这到底是好事还是坏事,幸运事还是倒霉事?

没等李杏儿多想什么,一阵阵呼喊从山下传来:"抓山妖啊,抓山妖啊——"

精精儿说快走。怪怪娃和灵灵幺一左一右拉住李杏儿,往峡谷进去。

李杏儿这时犹豫了:"你们到底是什么人——"

她没说完后半句,精精儿背起她又朝峡谷飞去。她觉得自己就像一只蝴蝶,在绿幽幽的光线中挥着双臂低飞。因为不像刚才那样上天,高度没那么高,李杏儿就悄悄地睁开了眼。

这一睁眼,让她差点掉下峡谷——因为峡谷美得让她醉了。

整片峡谷,从高岭到低坡,开满了五颜六色的花。她从小长在山里,叫得出好多花名,可这里的花千姿百态、千娇百媚,她根本没见过。最醒目的是一大片蓝莹莹的花,蓝得清新、透彻、明亮、干净……她从来没见过美成这样的蓝花,好像天空的色彩倾倒在峡谷,无数的蝴蝶蜜蜂在花丛中翩跹而舞。

李杏儿惊叫道:"太美了太美了太美了!我在做梦吗?这是哪儿?天堂吗?仙境吗?快乐谷吗?仙女姐姐在哪里?"

此时此刻,她忘了自己怎么到这里来的,不去想将面临幸运事还是倒霉事,也不想弄清自己到底怎么会飞起来。她深信不疑自己进入了仙境,就像爸爸带给她的童话书《爱丽丝梦游仙境》里的那个美丽仙境。

灵灵幺飞在她身边说:"仙境能有我们这里美吗?才没有呢。"

李杏儿说:"对,这里比仙境美一百倍、一千倍——南瓜南瓜你快看。"

精精儿抱着南瓜飞上来。李杏儿把南瓜抱过来,指着四周说你快看快看。南瓜紧盯着下面,不时用爪子推推近视眼镜,要用贪馋的眼睛把美色吃进去。

飞过峡谷,前面出现一个大大的山洞,洞口飘出一缕缕蓝烟。

花冠村的秘密

　　他们即将飞向山洞的时候，灵灵幺忽然叫起来："我的小红帽。我的小红帽不见了。"她胡乱地抓着脑袋，急得快哭了。

　　小红帽对山妖来说，差不多是性命攸关的护身符，何况是从妈妈那儿偷出来的。

　　精精儿让他们别着急，他回花冠村找一找。李杏儿还没来得及说什么，精精儿就把她扔给了怪怪娃，怪怪娃敏捷地背上了她。精精儿就像空气一样消失了。

　　灵灵幺哭唧唧："妈妈一定会骂我，以后再也不会让我出来玩了。"

　　李杏儿不以为然："你让妈妈再缝一顶好了嘛，你又可以戴新帽子了，嘻嘻。"她以前丢过一顶毛线帽，妈妈很快就给她织了一顶更漂亮的。

　　灵灵幺摇摇头说："每个山妖只能有一顶小红帽。"

　　李杏儿瞪大眼，她说什么？山妖？她用小手指甲掏了掏耳朵，想听得更清楚。

　　灵灵幺继续说："山妖戴上小红帽就能隐身，人类捡到小红帽同样也能隐身。妈妈说过，人类很贪心，要是落在不怀好意的人手里，那会带来意想不到的灾难——"

李杏儿和小山妖

李杏儿的手一松,抱在怀里的南瓜掉在了地上,它发出尖锐的叫疼声。

这是李杏儿第一次清清楚楚听到灵灵幺说自己是山妖,那么精精儿和怪怪娃也都是山妖了。山妖青面獠牙,血盆大嘴吃人会连骨头渣都不吐——

怪怪娃看出了李杏儿的异样,急急忙忙背起她要往山洞飞。

李杏儿紧紧抓住洞口一棵树,闭着眼睛尖叫,叫得连树叶都瑟瑟发抖,她死都不肯跟他走。她怕一睁开,会看到山妖的血盆大嘴。南瓜使劲往李杏儿怀里拱。

灵灵幺难过地看着李杏儿,眼睛眨出了泪花。看来李杏儿并不想跟她做朋友,那么也不会告诉她怎么才能变得更漂亮了。真悲伤,她好不容易第一次交到人类朋友,一转眼就要失去了。山妖和人类真的不能做朋友吗?

李杏儿闭着眼睛一个劲儿打喷嚏,打了二十多个喷嚏,她太害怕了。她哆哆嗦嗦嘟囔着要回家,南瓜也跟着汪汪叫,抗议这一次莫名其妙的挟持。

怪怪娃看了看灵灵幺,灵灵幺可怜巴巴地用目光恳求哥哥不要放走李杏儿,她实在太想跟李杏儿交朋友了。怪

花冠村的秘密

怪娃只好硬背着李杏儿不撒手，不管她怎么折腾着要下来。两个山妖和一人一狗就飘在半空中僵持着。

精精儿很快飞回来了，垂头丧气地说小红帽找不到，估计被花冠村人捡走了。

大家都不作声。四周的树叶哗哗响着，天色越来越暗，洞口的蓝烟把他们团团笼罩住。雾霭中他们只能看见对方闪闪发亮的眼睛，连李杏儿看起来也像个神神秘秘的小妖。

李杏儿看着这三个垂头丧气的山妖，别说是传说中青面獠牙的模样，这时候他们甚至比南瓜都要可怜巴巴。她渐渐缓过神来。

李杏儿小声说我要回家。没人理她，三个山妖像三株被风刮倒的小树一样，面对面耷拉着脑袋。李杏儿又大声说了一遍，还是没人理她，只有南瓜像猫一样细细地叫了两声。

李杏儿抱着南瓜，迟迟疑疑地走。没有人阻拦她，好像当她是空气。

李杏儿走了一段路回过头。夜色更浓，雾霭更重，可她还是清楚地看到，两行亮晶晶的泪水挂在最小的山妖灵

灵幺脸上,她的两个山妖哥哥在轻声安慰她。他们看起来就像人类的孩子们吵过嘴、打过架后那般委委屈屈,哪里有传说中山妖恶狠狠的样子。

李杏儿不知道往哪里迈步,好像有人拖住了她的脚。

李杏儿说:"南瓜,我们走哪条路回家?"

南瓜嘟嘟囔囔说你不知道我更不知道了。李杏儿转身朝山妖们跑去,边跑边说是南瓜让她回来的,她只能听南瓜的话。李杏儿站在他们面前说我不回去了。

灵灵幺愣了愣,一把抱住李杏儿,把她往天上抛。李杏儿一忽儿上半空,一忽儿落地,晕头转向云里雾里。然后她们互相扯着对方的头发,因为她们高兴的时候都喜欢扯头发。南瓜也跟着上蹿下跳,叫声响亮多了。

李杏儿忘了他们是山妖,山妖们忘了丢掉的小红帽。他们只记得这一刻,心中充满喜悦。后来李杏儿知道,这花叫蓝萤花。只要有山妖的地方,就会盛开蓝萤花。山妖越多,蓝萤花越茂盛灿烂,它是山妖的吉祥之花、生命之花。

但他们欢天喜地的时候并不知道,此刻花冠村的人们正举着火把,漫山遍野寻找据说被山妖抓走的李杏儿和

南瓜。

李杏儿爸爸是火车司机,她最近一次见到他是三个月前,爸爸回家休假。李杏儿妈妈在青木瓜镇油茶厂上班,一周回家一次。所以她是个被孤独和寂寞喂养长大的孩子,有点特别,有点怪怪,不爱跟村里孩子玩,总是喜欢跟家里的狗狗南瓜待在一起,开心烦恼都说给南瓜听。

李杏儿其实很享受这种孤独寂寞,这种孤寂里有她自己才懂得的温暖。她就像偷藏一块糖的孩子,独自偷偷品尝这孤寂的甜蜜滋味。

当人们知道李杏儿被山妖抓走,都呀了一声,这个身边没爹没娘的孩子太可怜了,他们一定得帮着把孩子找到。于是人们举着油茶浸的火把,在山上不停地寻找呐喊,杏儿杏儿杏儿——

可山太大,路太远,林子太暗,要在夜色的大山里寻找一个小女孩,简直就是在松林里找一枚松针,油茶林里找一朵油茶花。两个村民不小心掉进山沟,摔得满脸是血。无边无际的夜色里,呼呼作响的夜风中,仿佛藏着无数青面獠牙的山妖,等着抓他们去当夜点心。后来人们只

能向茫茫大山和林海认输,举着火把下山,天亮后再作打算。

三个山妖把李杏儿和南瓜带到一个山洞。这个山洞只属于他们三个,是他们偷偷下山玩时发现的隐秘仙境。

山洞只是个洞口,走到洞口尽头,豁然开朗,别有洞天。沿着斜斜的山坡上去,一路有花有草有树木有溪流,溪流尽头是一间小木屋。

精精儿推开小木屋,里面什么都有,木头做的桌椅凳床,好像早知道李杏儿要来,特意为她打造的。

南瓜像鱼掉进溪流,老鼠掉进谷仓,蹿向林子,一下子就没影儿了。

三个山妖进进出出跑了几趟,桌上就堆了一堆野果子。李杏儿也算是吃遍野果了,可这些果子她见都没见过。她抓了一颗果子吃——哎呀,像吃了一口酸蜜糖。她左右开弓抓着往嘴里塞,连皮都来不及吐,果皮也是特别好吃。

南瓜闻到果香不知打哪儿蹿出来,李杏儿扔给它几颗,它大吃起来。一人一狗大吃特吃,吃得满嘴流汁,直

花冠村的秘密

打饱嗝,嗝都透着香甜味儿。

李杏儿抱着肚子说了声"好好吃",就一头栽倒在地——她吃得太多,被果子醉倒了。

三个山妖七手八脚把她扛上秋千床。这是用树枝搭成的床,床沿边长满了细碎的花朵。精精儿和怪怪娃一左一右摇床,灵灵幺轻声唱山歌,她唱的是一首很玄妙很怪异又很好听的歌,有点像催眠曲,这是山妖世界流传了千百年的古老的歌。

秋千床一晃一晃,李杏儿发出小猫似的鼾声。南瓜也跟着醉倒,趴在地上呼呼大睡。

月亮升上天空,月光像水一样落下来,给山洞里的草木花树涂上碎银似的光芒,一切看起来又干净又安静。古老的山歌悠悠响着,在山洞里来回荡漾,整个世界都睡着了……

山下花冠村的人们找了两天两夜,都无功而返。人们绝望地认为,李杏儿真的被山妖抓走了。最直接的证据就是,人们发现了传说中山妖的小红帽。

捡到小红帽的是花冠村的傻子二秃子。二秃子跟着村里人举着火把上山找李杏儿，走到一条山道觉得脚下软绵绵的，低头一看发现了一顶小红帽。二秃子其实并不傻，捡到帽子很高兴，偷偷塞进口袋，想这个冬天就能戴上暖和的帽子，特别是这么漂亮的小红帽，他笑得合不拢嘴。

所以在大家愁眉苦脸、忧心忡忡地寻找李杏儿时，二秃子却一脸笑嘻嘻的。大家因为他是傻子而原谅了他，跟傻子计较会显得比他更傻。

二秃子在回村的路上，忍不住拿出小红帽要往头上戴。这时楝树儿发现了，他大叫帽子帽子小红帽。小红帽确实太鲜艳太好看了，他不禁惊奇得大叫。

楝树儿一嚷，二秃子连忙把帽子往口袋里塞。他傻得很聪明，怕被人抢走。有几个上了年纪的村民看着不对劲，如果抓走李杏儿的真是山妖，那么这顶红得妖艳怪异的帽子就是传说中山妖的小红帽了。

人戴上山妖的小红帽，也能像山妖一样隐身了，做任何事都不会被发觉。这是宝物，无比神奇的宝物。这是花冠村流传了上百年的传说。

人们要二秃子把小红帽拿出来。他是傻子，一点也不懂得小红帽的神奇之处，万一他戴上干了坏事那还得了？

人们的理由很充分。

二秃子牢牢摁着口袋不肯拿出来。以前他总是戴哥哥姐姐的旧帽子，现在好不容易拥有一顶属于自己的漂亮帽子，人们还要他拿出来，真是太欺侮人了。

为了试试这到底是不是山妖的小红帽，他们决定让二秃子试戴一下。一个村民摸出一颗糖，说他乖乖戴帽就给他吃。这交换让二秃子很高兴，小红帽刚戴上他的脑袋，他就消失了。

围观的村民们大叫起来。幸好两个村民一边一个抓着二秃子的手，另一个村民连忙朝二秃子脑袋的方位胡乱一抓，抓掉了小红帽——因为小红帽也隐身了，只能凭感觉抓——然后二秃子又现身了，嘴里吧唧吧唧啃着糖，一点也没察觉自己现场出演了令花冠村人心惊胆战的一幕好戏。

人们把小红帽交给一百零八岁的九公公，七嘴八舌地把事情原委告诉他，问李杏儿被山妖抓走了该怎么办，李杏儿妈妈回来了该怎么交代。

九公公拿起帽子仔仔细细地看，正面看反面看，好像要把帽子看出一个洞来。

李杏儿和小山妖

人们还告诉他二秃子戴上小红帽隐身的事,这证明流传了上百年的传说是真的。九公公一点也不吃惊,他活了一百零八岁,哪种稀奇古怪的事没听过。人们还没说完,就听见九公公发出了沉沉的鼾声。小红帽装在他的口袋里。九公公一睡着,就是在他耳边打滚地雷都惊醒不了。

人们叮嘱九公公的孙子楝树儿,他一醒来就叫他们,花冠村的大事,都得九公公拿主意。脑后扎一根小辫子的楝树儿端端正正坐在门槛上,像小门神一样守着九公公和小红帽。他是个做事特别认真的八岁小男孩。

李杏儿和南瓜一醒来,就感觉身子轻了很多,随时随地要飘起来似的,又像添了很多力气,很轻易能把一块大石头高高举起来。

李杏儿站在一棵高高的银杏树前。山里孩子都会爬树,她当然也会。一般他们最多爬到树杈,再往上就不敢了。李杏儿抬头看着像要触碰到天空的银杏树,忽然感觉手脚痒痒的,好像有一股气顶着她的脚板,要把她冲上天去。

李杏儿对灵灵幺说:"我好想好想爬树。"

灵灵幺说:"爬啊,赶快爬啊。"

可李杏儿还是有点犹豫,因为银杏树太高太高了。

灵灵幺却显得很兴奋,她可从没见过一个人类的小女孩爬过那么高的树。

李杏儿暗暗为自己鼓了鼓劲儿,刚知道他们是山妖的时候,自己害怕的样子一定丑极了,这会儿可千万别再出洋相了。话都已经说出去了,就不能退缩。于是,李杏儿把手伸向树干,一点点往上爬。银杏树太高了,李杏儿一直仰着头,一次都没有向下看,她怕自己看了会哆嗦,就不敢爬了。李杏儿爬上了最高的树冠,像白花雀停在枝头,轻盈、敏捷,张望远远近近的青山绿水。她还看到了遥远的花冠村、雪白的油茶花林。

李杏儿觉得这里才是她该待的地方,或者说,这儿才是她出生长大的地方。她也许本来就是这儿的一棵树、一株草、一朵花,甚至可能就是精精儿、怪怪娃、灵灵幺中间的一个呢。

灵灵幺爬上另一棵树的树冠,笑嘻嘻地扔给她一颗酸野果。两人坐在树冠上大嚼野果,就像坐在平地上那样自如。

花冠村的秘密

李杏儿看着丑丑而可爱的灵灵幺,告诉自己,等下山时一定要告诉人们,他们都弄错了,这是一群多么可爱多么有趣的山妖啊,比她见过的最可爱的人还要可爱很多呢。

不过现在她还不想下山,妈妈要过几天才回来,山妖世界多么有意思,她得痛痛快快玩一玩才是啊。李杏儿从一棵树上滑下,又敏捷地爬上另一棵树。灵灵幺随即跟上,她得好好护着新朋友,毕竟李杏儿的功力还欠火候。

南瓜也在爬,它的功力才不够,爬到一半就跌下来,摔掉眼镜,摔得鼻青脸肿,摔成了大头狗。它睁着近视眼,摸索了好一阵才找到眼镜,不敢再爬,蹲在树下,仰头看着李杏儿和灵灵幺从一棵树麻利地爬到另一棵树,又羡慕又嫉妒,呜哩呜哩唠叨自己也不懂的抱怨话。

李杏儿还学会了分辨各种野果、草药和菌类,哪种山谷最多,哪种有毒,哪种没毒,哪种更甜,哪种更酸,哪种草药能治哪个病……她在山上一天比在山下一年学到的还要多。大自然太神奇了,山川、溪流、草木、鸟虫教会了她好多好多。

花冠村的村民焦急而耐心地等在九公公的门口。九公公醒来过一次,吃了一堆野果子,打了个饱嗝,又睡着了。

那时楝树儿不小心打了个瞌睡,没来得及喊大家。为此他懊恼得哭了。楝树儿唯一的好伙伴是李杏儿,李杏儿唯一的好伙伴是楝树儿。现在杏儿姐姐落到了传说中可怕的山妖手上,他能不急吗?

只要九公公一睡着,楝树儿就忠心耿耿地守着,不让任何人靠近一步。他又想救李杏儿,又不肯惊动九公公,心里比任何人都难受憋屈。有个村民试图硬闯,楝树儿挡不住,就哇地大哭。人们只好作罢。

九公公的鼾声依然很响,连屋顶的茅草都在瑟瑟发抖。等在门口的村民开始打瞌睡了。他们所有人加起来的鼾声都没有九公公的鼾声响。

等到最后一个人也抵挡不住睡意,蹲在地上睡着了,九公公才醒了过来。他一醒来就抓起野果子吃,嘎嘣嘎嘣,嘎嘣嘎嘣——

迷迷糊糊的楝树儿听见声响,连忙冲着屋外喊九公公醒了。村民冲进屋子,围在九公公的床边七嘴八舌。九公公除了嘴里嚼着野果子,整个人不言不语,不惊不乍,对

花冠村的秘密

这么多人突然出现在眼前一点也不感到惊讶。

比九公公小十岁的十二公公走上前,问:"九公公,我们怎么救李杏儿,还有这顶小红帽怎么处理?"

九公公抹抹嘴说:"孩子早晚会送回来的。山妖的小红帽谁也不能拿,谁也不能戴。一戴上小红帽,会给全村人带来灾难。小孩子不懂,你这么大了,也不懂吗?"

九公公像训斥小孩子一样训斥九十八岁的十二公公。十二公公满脸通红,很难为情。村民更是大气也不敢喘。

十二公公壮了壮胆小声说:"既然这样,那就把小红帽烧掉,省得给花冠村带来不幸。"

一听这话,九公公更生气了,他大声说:"十二,你是不是老糊涂了?山妖是大山的保护神,他们没惹我们,我们为啥要烧掉人家的东西?好心眼儿会有好报,坏心眼

儿会有坏报。你们回家去,谁也别动小红帽的脑筋。"

九公公说完,把身子一放又躺回床上,很快鼾声响起,响得床板都发抖。

十二公公像小孩子一样,眼泪汪汪地噘起嘴。楝树儿推着十二公公往门外走,让人们回家去。

一个叫石头的小孩说:"楝树儿,你跟李杏儿不是好朋友吗?好朋友被山妖抓走了,你一点也不着急啊?我看你跟李杏儿准不是好朋友。"

楝树儿一边抹泪一边推石头往外走,把人们赶出家,关上门,趴在九公公身上哭着说:"爷爷爷爷,杏儿姐姐被山妖抓走了,怎么办怎么办?我要救杏儿姐姐,我要救杏儿姐姐。爷爷——"

九公公闭着眼迷迷糊糊地说:"杏儿姐姐不会有事,杏儿姐姐玩得可高兴呢,杏儿姐姐很快会回来的。"他说完又鼾声顿起。

花冠村的树木随着九公公的鼾声,像摇篮一样轻轻晃荡。天空还是那样蓝,油茶花还是那样白,山林里的鸟叫声还是那样清脆,花冠村像千百年来的每一天一样,又安静又美丽。

 ## 灵灵么的小红帽

油茶花开始一朵一朵凋谢,油茶开始坐果了。空气里的香甜味依然浓浓的,因为山里的野果成熟了。没人摘的野果熟后落在地上,慢慢熟透烂香,然后渗进泥土,给大山更多的丰沛滋润。一年年,大自然就是这么春荣秋枯,生生不息。

爬在花冠村村口柿子树上的二秃子,盯着每一个背着箩筐上山的人。他被十二公公派到村口等李杏儿的妈妈。他死盯着远处,没想到杏儿妈妈早就抄近道上来了。等到杏儿妈妈走到柿子树下时,二秃子才看到。他赶紧滑下树,举着不知哪儿捡来的破喇叭,大喊杏儿妈妈,又对着村子喊杏儿妈妈回来了。

杏儿妈妈被这热烈响亮的声音给惊着了,没想到有人

用这种阵势等她，一时愣住不知所措。青木瓜镇油茶厂最近很忙，她比往常多待了两天才回来，心里惦记女儿和南瓜，就背着装满油盐酱醋的箩筐一路小跑回花冠村。

村里人突然从四面八方涌过来，把杏儿妈妈围在中间。大家像从来没见过她似的围观她，眼神闪烁，好像藏着很多话。

杏儿妈妈有点紧张地说："大家怎么啦？好像不认识我似的。"

大家互相看看，都等着别人先提起话头。

杏儿妈妈说："我是杏儿妈妈啊，油茶厂最近很忙，所以我在青木瓜镇多待了两天。对了，我先回家看看杏儿，这孩子不知道有没有跟南瓜吵架。"

十二公公说："杏儿妈，你别急，大伙儿有个事要跟你说说。"

一个村民说："是啊，你别急，你先听我们说。"

另一个村民说："对对，你听我们说。"

杏儿妈妈看着他们，他们互相用胳膊肘儿碰碰别人，都想让别人先说。

杏儿妈妈急了："到底啥事？你们快说啊。"

花冠村的秘密

二秃子更急了,他不明白这么简单的事,大家怎么像猜谜语似的,便大声说:"杏儿不见了,杏儿被山妖抓走了。"

杏儿妈妈一把抓住二秃子头上仅剩的几根头发,哆哆嗦嗦地让他再说一遍。二秃子拿起破喇叭说得更响了。杏儿妈妈的脸色变得像油茶花一样白,她推开二秃子往山上跑,边跑边哭喊杏儿杏儿。

十二公公赶紧让大家拦住她,因为她晕晕乎乎跑向了山崖。大家七手八脚拦住她,七嘴八舌地告诉她,他们已找了好几天,杏儿这么聪明,身边还有南瓜,不会出事的。她刚回来很累了,先好好休息下,明天大家再一块儿上山找找——

大家好说歹说,杏儿妈妈才停止哭喊,在大家的搀扶下回了家。

等到大家都回家,村口就只剩下楝树儿和二秃子了。楝树儿咬着手指头小声地哭,他好担心杏儿姐姐。

二秃子看看他,奇怪地问:"你为什么哭?是不是不乖,被九公公骂了?"

楝树儿狠狠地瞪他:"你才不乖,都怪你。"

李吉儿和小山妖

二秃子茫然地说:"又不是我抓走杏儿的。"

楝树儿气哼哼地跑回家。

九公公还在睡觉,楝树儿趴在床沿等啊等啊等。床沿被九公公的鼾声震得咯咯发抖。楝树儿觉得像趴在童年的摇篮上……就在他迷迷糊糊时,九公公醒来了,轻轻拍醒了他。

楝树儿连忙说:"爷爷爷爷,我要上山,我要找杏儿姐姐。"

九公公朝远处的青山看了看说:"你别急,杏儿姐姐没事儿。不过,花冠村好像要发生些什么事了。唉,山不转水转,水不转人转,人不转运转。该来的,逃也逃不开,躲也躲不过,那就来吧。"

楝树儿觉得爷爷在说很古老很古老的话,老得他一点也听不懂。他擦了擦眼泪,疑惑地朝九公公看的方向张望。

远处的油茶林已变得青绿青绿,油茶花就像一朵一朵白云,在油茶林上空慢慢飘着。再远处的山像一幅画似的,淡淡的、薄薄的。爷爷从来没有骗过他,也许杏儿姐姐和南瓜就在这幅画里,也许明天醒来,她牵着南瓜笑嘻

花冠村的秘密

嘻地从画中走出来了呢。楝树儿这么想了想，心里舒服多了。

这天清晨，花冠村还睡在朦朦胧胧的晨雾里，在人们和动物似醒未醒、似梦未梦的时候，一个陌生人推着摩托车，跌跌撞撞地朝花冠村走来。

他叫胡小龙，是个三十来岁的探险家、生物学家，来自一个叫海蜃的城市。他骑着摩托车走遍全中国，号称研究拯救各种濒危生物。这天他骑车经过这里的重重大山，边骑车边欣赏一路的山清水秀，琢磨这个风景奇特秀美的大山会有什么珍稀动物，一不小心车子就拐向了山崖边。

万幸的是，山崖边长着一排百年老松，他没摔下去，不然准得粉身碎骨。

胡小龙浑身颤抖地攀爬上来，摩托车挂在老松上，怎么也拖不上来。他只好从行囊里拿出干粮和水，边吃喝边等人。

这时，山路上过来几个扛着锄头的村民。

胡小龙赶紧迎上去，满脸是笑："大哥大叔大伯，帮我把摩托车弄上来，我给钱，很大的一笔钱。"他走过很

多地方,认为只要有钱,就没有干不成的事。

那几个村民扔掉手里的锄头,二话不说就帮他把摩托车拉上来了。

胡小龙发动车子,车子突突地冒着黑烟,就像一匹受了伤的野兽,怎么也动弹不了。胡小龙气得差点要把车子推下山崖。

胡小龙看看村民们,他们也都看着他,不说话也没离开。他想起还没付他们钱呢。胡小龙很心疼,虽然答应过付钱,可现在摩托车成了累赘的铁疙瘩,他得推车走了,怎么都觉得不划算。

胡小龙说:"这个这个,我身上的钱不多。这样吧,你们留下地址,我回去后把钱寄给你们。我发誓,我一向说话算话,骗你们是混蛋。"

村民们还是看着他不说话。

胡小龙又说:"我骗你们是王八蛋醋熘蛋。"

村民们还是没有说话,只是互相看了看,像在用眼神商量怎么对付他。

胡小龙有点慌了,他们会不会合谋抢他的钱?他急忙解释:"你们看看,我的车子摔成铁疙瘩了,刚才摔下去

花冠村的秘密

时还好好的，你们拖上来就变成这样了——"

一个年纪大点的村民说："我说年轻人，看样子你是远方来的。你的车子坏了，又走不了，还是跟我们回花冠村吧，我们帮你修好车子，你再上路。"

其他几个说："是啊是啊，跟我们回村吧，喝碗水，吃个饭。"

胡小龙愣了愣，这是他没想到的回答，他们竟然没跟他提报酬，这会不会是个圈套？他试探着问："真的？你们真的愿意帮我？"

年纪大的村民说："到了我们花冠村，就是花冠村的客。我们几百年的老规矩，客人只要踏上花冠村的土地，就高高兴兴来，开开心心走。"

其他几个连连点头说是啊，满脸期待地等他回应。

胡小龙看看这几个人，他们看上去土里土气、傻里傻气，好像也没那么难对付。他又累又饿又渴，确实需要好好休息一下。

村民把胡小龙带到九公公家，想问问九公公让他住在哪家。九公公这时候刚醒过来，在吃野果。

九公公问他叫什么名字做什么的，胡小龙做了回答。听说胡小龙是探险家，围观的人们好奇地问探险家是做什么的。一个聪明人说就是把摩托车开向山崖的人。大家哄然大笑。

胡小龙认真地说："你们没说错，探险家就是干很危险的事情的人。干危险的事，是为了发现世界上最有趣最有意义的东西，越危险就越有趣，越有意义。当然，我更重要的身份是生物学家。"

大家又问生物学家是干什么的。

胡小龙说："生物学家——嗯，生物学家就是发现三条腿的马、长着蛇头的山鸡、会直立行走的孔雀、能说三国语言的猴子、能剥果壳的鳄鱼的人。总而言之，越稀奇古怪的动物我越喜欢，你们发现过这样的动物吗？"

人们摇摇头，花冠村是个普通的小村子，怎么可能有稀奇古怪的东西呢？

九公公说："听起来，你是第一个到花冠村的生物学家，就住我家吧。"

他刚说完，楝树儿就跑来，拎起行李跑进里屋。胡小龙吓了一跳，连忙追进去。

花冠村的秘密

　　楝树儿把行李扔在东厢房，指着房间说："你住这儿。你会烧饭做菜还是扫地？你必须得干一样活儿。爷爷说过，人得做事，不能偷懒，不然的话人比柴火还没用，柴火还能烧火呢。"

　　胡小龙看着这个扎着小辫儿的小男孩，开始觉得这个村里的人没有他以为的那样土里土气、傻里傻气。不过他比他们更聪明，不然的话也不会成为探险家和生物学家。

　　胡小龙说他会扫地，扫得干干净净的。这没说错，在实验室做完实验，他总是收拾得干干净净，一点也闻不出解剖动物的血腥气味。

　　胡小龙在九公公家住下，饱饱地吃了一顿午饭，饭后就在花冠村转悠。

　　这个村子小而干净，每个人向他打招呼时，目光都充满尊敬和好奇。他还留意到人们指着他的背影，小声对孩子们介绍这是个生物学家，是很了不起的人物。胡小龙忽然觉得自己一下子高大了许多，他放慢了脚步，两手交叉叠在身后，走路一摇一晃，用有点矜持冷淡的目光对村民略略点头示意。

胡小龙意识到,他像个游手好闲、无所事事的外乡客那样随和亲切地跟人打招呼,会降低身份,他需要保持神秘莫测的探险家和生物学家的形象。

吃过晚饭,楝树儿给他铺好床。床下垫的是干净的枯树叶,睡上去窸窸窣窣的。胡小龙觉得这声音太不舒服,更郁闷的是,九公公的鼾声像炸雷一样。

不过没一会儿胡小龙就睡着了,因为树叶散发着太阳晒后的清香,他很快跌进了梦乡。他做了一个怪梦:花冠村的山谷飘着一团团蓝色的雾,山谷地开满了蓝色的小花,在雾和花朵之间若隐若现一些长相奇特的生物。他们有一双大眼睛,鼻子是塌的,耳朵是招风的,嘴巴小得像针眼儿似的——这分明是国内外生物学界传说已久的珍稀生物——山妖。

山妖,是胡小龙梦寐以求的研究对象。据说一名生物学家能研究出山妖的成果,就意味着他达到了事业的巅峰,能获得令人羡慕的国际大奖,获得人们崇高的敬意和赞美。

梦里的胡小龙追着这些若隐若现的生物在山路上奔跑。还有一个小女孩跟他们在一起,玩得很开心。另外还

有条戴眼镜的小狗,真怪,这狗居然戴着眼镜。可他与他们之间始终保持着距离。他追得紧,他们跑得快。眼看着快要抓住他们,可是他们跃过峡谷,离他更远了。那小女孩咯咯笑着,似乎在嘲笑他的无能。这令胡小龙十分恼火,气得跳起脚来。

这一跳,胡小龙从床上掉下来,摔在地上,疼得哎哟哟直叫唤。

胡小龙抬起头,正对上一张脸好奇地看着他,他吓得大叫一声。

楝树儿退了两步,好奇地问:"你这么大人了,连睡觉也不会,怎么从床上摔下来了?"

胡小龙揉揉屁股,没好气地说:"你们山里人的床太糟糕了,我要是受了伤,你们有责任,得赔我。"

楝树儿不解地看着他:"我们请你睡觉、吃饭,是我们的事。你摔伤了、弄疼了,是你的事,怎么能让我们赔呢?"

胡小龙想反驳,又找不到反驳的理由,他气得脸色发青,看上去像一根发蔫的青瓜。

他转了转眼珠,想起梦里迷迷糊糊似真似幻的场景,就强摁住内心的不满,问楝树儿:"问你个事儿,你老老实实告诉我。花冠村有没有一种叫山妖的动物?还有,是不是有个小女孩跟山妖在一起?"

楝树儿用吃惊的黑眼珠盯着胡小龙,好像要把他身上看出一个洞。

胡小龙说:"你干吗用这种眼神看我?你们山里人都这样不礼貌地看人吗?"

楝树儿说:"我不喜欢你总是说山里人山里人,如果你不喜欢我们花冠村,你现在就可以走。"

胡小龙说:"你这个小孩,太无礼了。好吧,我不说山里人了。喂,今天的早饭是什么?我饿了,你快做饭给我吃,我可是你家的客人。"

楝树儿说:"你还没扫过地,扫过地才能吃饭。"

胡小龙只好拿起扫把胡乱划拉了两下。地上本来就很干净,他扫了跟没扫一样。

楝树儿拿出两个番薯。胡小龙一脸不情不愿地接过:"两个番薯打发我啊,你们山里人——"他连忙闭嘴。

楝树儿没理他,转身出去。胡小龙苦着脸吃番薯。他饿坏时吃什么都香,现在休息够了,就开始挑剔食物。他

每到一个地方就会找小馆子吃好吃的,现在这小破山村,上哪儿找好吃的。

胡小龙一边啃番薯一边翻书。这书收集的是世界各地濒危的珍稀动物,比如爪哇犀牛、远东豹、金头猴、亚洲象、克罗斯河大猩猩、加湾鼠海豚等,全世界只存活几十只到几百只,比世界上最珍贵的钻石还珍贵。

胡小龙久久盯着其中一页,塞在嘴里的番薯没咽下去,因为他发愣了。他发现图片中的山妖跟他梦中所见的一模一样。这么说,在这个花冠村真的有山妖的存在?那么他骑着摩托车差点摔下山崖,是上天指引他而来的。

他将成为全国著名的生物学家——不,全世界著名的生物学家,他甚至有可能获得国际大奖呢。

胡小龙一激动,被番薯噎住了,噎得他直翻白眼,连连咳嗽,终于把番薯吐出来,狠狠吐在地上。他在心里骂了三遍小破山村。

他放下书,背上行李,走出屋子。行李里有专业工具,用来检测各种生物的痕迹和气味。他迫切需要了解这个地方到底有没有他最想得到的东西。

胡小龙站在花冠村村口。村民们好奇地打量他,他手

上多出了一件像望远镜又像照相机的东西。胡小龙用这个东西朝四周瞄准,扫了一圈,然后确定了东南方向,便竖起外衣领子,戴上墨镜,大步朝山上走去。

花冠村的人们越来越觉得他是个神秘人物,在他身后议论纷纷。有人确信他就是探险家和生物学家,有人认为他是个披着生物学家外衣的算命先生,有人觉得他是来挖金子的,马上有人反对,因为花冠村从来没有金矿。还有人认为他是个买卖走私动物的贩子,反对的人就说,就凭他一个人能带走多少动物,这种说法不可信。

楝树儿走进了胡小龙住的房间,他刚才从窗口看到胡小龙把番薯吐在地上。楝树儿很气愤,山里孩子到处爬山爬树,身上弄得脏脏的,可从来不会随地乱吐东西。爷爷

说过，乱吐东西的人以后舌头会烂的。

楝树儿觉得胡小龙的舌头真该烂掉，他看起来一点也不像来过花冠村的那些外乡人。他们微笑地跟村里人说话，说"请""谢谢""对不起"，向爷爷敬礼，给小孩们好吃的饼干、蛋糕、糖果。可这个胡小龙没有这些，他走路鼻孔朝天，后脚跟不着地，眼珠子乱转，眼白乱翻，简直像不怀好意的小偷，总想琢磨着从花冠村拿走点什么。

楝树儿看到桌上摊开的书，上面有花花绿绿的图案，就走过去看。他看到书上有各种各样从来没有见过的古里古怪的动物，他敢打赌花冠村根本不会有这种动物。书上都是蚯蚓似的外国字，楝树儿一个都不认识。

楝树儿还看到一种大眼睛、塌鼻子、招风耳、针眼儿嘴的动物。他使劲想了想，也想不出这是什么动物，这书有什么用。如果胡小龙是来抓这些动物的，他们就根本不会出现在花冠村的山林，那么他带这书有什么用呢？

楝树儿小声嘀咕："你要是干坏事，哼，我不会放过你的。"

学会了各种生存技能

背着生物检测仪的胡小龙,东张西望走在山道上。他走了大半天,很失望。因为仪器一点也检测不到任何生物的异样痕迹和气味。这检测仪是世界上最先进的专业仪器,看样子他做的梦不灵。

胡小龙在大石头上坐下,拿出随身带的巧克力吃。他带了很多巧克力,一点也没想过给村里孩子或楝树儿吃。他是生物学家,他认为最需要的是给自己补充能量,这样才能更好地实现他追逐的梦想。那些山里娃算什么,一个个呆头呆脑的,他们除了会爬树掏鸟、爬山拔草,什么都不懂,给他们吃根本就是浪费嘛。

胡小龙看着远处的山,再看看近处的树。大山很静,没有风,树叶安安静静地垂着,动也不动,大白天的,好

李吉儿和小山妖

像它们还在梦中。几只鸟停在树枝上,用乌溜溜的小眼睛盯着他,谨慎地审视这个远道而来的异乡人。

这几只鸟特别漂亮,羽毛是淡绿的,隐在树叶里影影绰绰,不太容易被发现。可胡小龙还是发现了它们,生物学家具备这种敏感性。他心生一念,觉得这样空着手下山,太丢生物学家的面子了。生物学家的使命是发现生物界各种有趣有意义的东西,然后向世界宣布自己的独特见解,这是毫无疑问的。虽然这些绿色的小鸟算不上珍稀,可总比空手而归要好。

于是胡小龙悄悄地把手伸进口袋。他的口袋里藏着一把小巧的枪,一把专门用来射击生物的麻醉枪。他悄悄瞄准了这些漂亮的绿色小鸟,姿势比山里的老猎人还要老练。

砰!枪声响起,几根绿色的羽毛像云朵一样落下。他赶紧跑过去。

可是很令人恼火,小鸟都飞走了,只是掉了几根羽毛。胡小龙蹲下身捡羽毛,想弄清楚这到底是什么鸟。这时他发现地上有几个很奇特的脚印。他拿出放大镜,对着脚印仔仔细细观察起来。

花冠村的秘密

然后他惊喜地叫起来:"山妖,山妖,这是山妖的脚印!"

没错,这脚印跟书上介绍的山妖脚印一模一样。山妖一般都是飞在半空中,很少落地,一般人发现不了他们的脚印。当然他们也会落地,落地时就留下了像鸟爪像猫爪又像狗爪一样的奇特脚印。更重要的是,传说山妖有一顶能隐身的神奇小红帽,如果能得到这帽子——胡小龙兴奋得眉毛乱跳。

他拿出检测仪对着脚印检测。很快,检测仪叽叽咕咕叫起来,这表示检测到了某种生物气息。他激动得心怦怦直跳,跳得很乱很快,像得了心脏病。他在大石头上坐下,捂住了胸口。不能太激动,否则会出事,那就是获得世界上最爆冷的惊人发现也没用了。他掏出手机拍下了几张脚印照片。

他试图发出照片。可这大山太偏远了,怎么也连不上网络信号。胡小龙背着检测仪赶紧跑下山。他需要尽快把照片发出去,以便执行下一步的行动计划。

胡小龙跑回九公公家,把手机连上电脑。这个花冠村实在太落后了,他连了大半天,电脑总算勉强显示了一丁点儿网络信号。这地方简直是原始部落。他赶紧把照片和咨询问题发给国外同行的邮箱。

现在胡小龙的真正身份可以显示了。他是一名生物学家没错,但更隐秘的身份是国际珍稀生物贩子。

生物学家能让他获得更好的名声,生物贩子能比生物学家赚到更多的钱。他非常庆幸自己能灵活地掌握两种身份的变换,比他捕获的那些变色龙、变色鸟更不易被人觉察。

发出邮件后,他焦急地等待对方的回信。可那家伙好像睡着了,半天没动静。

胡小龙告诉自己,等等等等再等等,要成功没那么容易。这时他听到门推开的声音,有人进来,他赶紧回头。楝树儿咬着手指头站在他身后,眼睛亮亮地盯着电脑屏幕。

胡小龙赶紧捂住电脑屏幕,警惕地瞪他:"你你你想干什么?"

楝树儿指着电脑,果断而准确地说:"电脑,我知道,我在青木瓜镇见过。"

花冠村的秘密

胡小龙急吼着问:"你看到了什么?你在电脑上看到了什么?"

楝树儿摇摇头:"我什么也没看到,你挡住了。"

胡小龙抹了一把额头渗出的汗珠,还是不放心地问:"你认不认得字?"

楝树儿觉得这话挺看不起人的,可他又不会说大话,于是思考了下,认真地说:"我认得一百多个字。"他要明年才上学,九公公教过他毛笔字。

胡小龙从楝树儿像星星一般坦白明亮的眼睛里确定他没看到什么,便关掉电脑。这时他饿了,便问什么时候能吃饭。

楝树儿说就是来叫他吃饭的,他指了指那个检测仪:"你背着这个东西在找什么?你在我们花冠村丢了什么吗?"

胡小龙收起检测仪:"我是个生物学家,生物学家研究所有生物和动物。当然你也可以把我当成科学家,对,我就是科学家。你们小朋友对科学家要很尊重很尊重,懂吗?"

楝树儿很吃惊,用充满怀疑的眼光重新打量他:"你是科学家?科学家就是你这样的?"

这回轮到胡小龙觉得这话挺看不起人了，他气哼哼地说："那你以为科学家什么样的？有三头六臂吗？不跟小孩子说了，说了你也不懂。去去，给我准备饭去。"他挥着手，像赶苍蝇似的赶楝树儿。

楝树儿刚跨出门，胡小龙又把他叫回来："等等，你们这里到底有没有山妖？"

楝树儿的眼珠子又直愣愣了，盯着胡小龙，好像他脸上长出了花。

胡小龙捕捉到楝树儿的异样神情，上回提到山妖，他也是这副中了邪的模样，他觉得这里面有戏，便走到楝树儿身边："楝树儿，你告诉我，我会给你好处。"

楝树儿不吱声，咬着嘴唇，眉头皱得更紧了。

胡小龙在口袋里掏啊掏，掏出一块发软的巧克力，递到楝树儿面前："你告诉我，我给你吃巧克力。巧克力吃过吗？这是全世界最好吃最好吃的东西。"

楝树儿把手指甲塞进嘴里，当成巧克力啃。胡小龙看出他的眼神移来飘去，有点紧张，也有点慌张，于是越来越确定那眼神里有他要的答案。

楝树儿虽然没吭声，可心里紧张得怦怦直跳。这个胡

花冠村的秘密

小龙怎么就一下子猜出大山里有山妖,上回他还说过有个小女孩跟山妖在一起,那小女孩不就是杏儿姐姐吗?他要真的是科学家,能不能救出杏儿姐姐?是不是该告诉他山妖的事情?——可他要是骗子呢?怎么办怎么办?

无数疑问在楝树儿心头乱跳,又找不到答案,急得脑门都出汗了。

胡小龙似乎猜出了他的想法,严肃地说:"你相信我。因为我是生物学家,不,我是科学家,只有科学家能发现世界上一切最神秘的东西。老师没告诉过你们吗?对了,我忘了你还没上过学,等你上学念书就知道了。"

楝树儿在心里进行了无数次怀疑与信任之间的交战后,啃掉手指甲,下定决心说:"你答应我一件事,我就告诉你。"

胡小龙的头点成鸡啄米状:"一定一定,我一定答应。我发誓。"

楝树儿说:"杏儿姐姐被山妖抓走了,你得把杏儿姐姐救出来。"

胡小龙说:"杏儿姐姐?是个小女孩吗?长什么样?"

楝树儿于是说了李杏儿的大致模样,他描述不出她的

长相，只说她大眼睛短头发，身边还有一条戴眼镜的小狗南瓜。

胡小龙捂住胸口，捂住快要跳出喉咙的心脏，深深地吸了口气。错不了，一定错不了。这里确确实实有山妖，有世界上最名贵的珍稀生物——山妖。

他举起手，摆出发誓的样子，严肃地说："我保证，不，我发誓，我一定帮你找到杏儿姐姐。我是个非常热心善良的生物学家，不，科学家。科学家的使命就是帮助人们过上幸福快乐的生活，造福人类，造福全世界，造福全宇宙。对了，你得告诉我山妖在哪儿，这样我才能帮你们找到杏儿姐姐。"

楝树儿听着他赌咒发誓的话，所有的警惕像被太阳照耀的雪那样融化了，他惊喜地说："真的吗真的吗？走！"

花冠村的秘密

九公公的鼾声炸雷般响着。他做梦也想不到,楝树儿把花冠村的秘密向一个心怀叵测的异乡人透露了。

楝树儿带着胡小龙找了十二公公,找了二秃子,找了其他村民,激动地说胡小龙能帮大家找到杏儿姐姐,他是了不起的科学家,科学家能发现世界上一切最神秘的东西。

村民们一个接一个用眼神询问别人的看法。

有个村民说:"科学家真有这么了不起吗?能上天吗?"

胡小龙说:"知道宇宙飞船吗?就是科学家发明的,科学家能登上月球。"

有个村民说:"科学家能入海吗?"

胡小龙说:"知道潜艇吗?也是科学家发明的,科学家能钻进最深的海底。"

胡小龙费尽口舌,向这群看起来呆头呆脑的村民解释,世界上所有了不起的发明,包括吃喝拉撒用的,都是科学家的功劳,科学家无所不能,除了一件事——让死人活过来,这只有神仙能办到,当然大家都知道世界上根本没有神仙,所以除了神仙,科学家是最最了不起的人。

这么简单直白的解释，很容易就让村民们懂得，他们必须相信并尊重他，他才会解决他们遇到的难题——把李杏儿救回来。

十二公公点了点头说："我相信你。"

其他人也跟着点头说相信。当所有人点过头后，胡小龙的嘴角挤出了不为人知的笑，他知道他的伟大目标将很快达到了。

胡小龙用深不可测的学问告知大家，他用科学方法证明了，抓走李杏儿的确确实实是山妖，不只是一个山妖，是一群山妖，一群专门抓人吃人的山妖。

他大声说："山妖是大山的保护神没错，可你们弄错了一件最最重要的事，知道吗？"他扫视着村民们，大家目瞪口呆地等他宣布。

他用更大的声音说："山妖保护的是大山，并不是人类。你们啊，弄错了，弄错了几百年。"

大家惊呆了。山妖是大山的保护神，这话祖祖辈辈传下来，他们从来没有，也不敢怀疑这话有什么错，现在胡小龙这么一说，就像一把榔头在他们脑袋上重重一敲，把他们敲醒了——是啊，山妖保护的是大山，并不是人类。

花冠村的秘密

胡小龙继续趁热打铁提醒:"要不然,山妖为什么会抓走李杏儿呢?为什么到现在还没回来呢?你们说对不对?"

他的话把几个还心存疑虑的村民彻彻底底打动了。花冠村的村民终于确信,千百年来从不侵袭人类的山妖终于害人了。如果不尽快行动,抓了一个李杏儿,还会抓走第二个王杏儿、刘杏儿、周杏儿……花冠村的灾难就要降临了。

胡小龙说:"找回李杏儿,我们需要有一件重要的法宝,那就是山妖的小红帽。戴上小红帽,山妖就发现不了人类。那么你们谁能找到小红帽?"

人们又沉默了。九公公说过,谁也别想动小红帽的脑筋。九公公是花冠村的主心骨,是大山一样存在的、谁也不能惹恼的神。

胡小龙从人们的表情中看出,他们还有不肯说出的秘密。他问他们谁能说出来。人们低头看着地面,好像答案掉在地上,大家在仔细寻找。

李杏儿妈妈这时撑着扫把,蹒跚地过来。那天回到花冠村得知女儿失踪,她很快病倒了,躺在床上茶饭不思,

李杏儿和小山妖

光是咽着眼里淌下的泪水,差不多奄奄一息了。十二公公派人照顾她,让她别急,杏儿一定能回来。

杏儿妈妈盯着屋顶,整天语无伦次地喃喃:"山妖是不是没女儿,把我杏儿当女儿了?可杏儿是我的女儿,不是山妖的女儿啊。杏儿要是变成山妖的女儿,那她也就变成小山妖了。杏儿要是变成小山妖,那我就没有女儿了……"

现在有人把这个意外的好消息告诉她,她怎么能不赶过来呢?村民默默地给她让出一条道。

杏儿妈妈抓住胡小龙的胳膊呜咽:"求求你,一定要救回我的杏儿。你救回我的女儿,就是我们的救命恩人,我一定烧香保佑你。"

胡小龙的胳膊被她抓得生疼,"一定一定,放心放心——"他挤出笑脸说,"大家既然这么信任我,我一定不辜负大家的期望。可是小红帽在哪儿呢?"

李杏儿妈妈擦了擦红肿的眼睛,清清楚楚地说:"小红帽在九公公那里。"

楝树儿赶紧往家跑,快得像一只蹿过林子的兔子。

 **生物贩子的预谋**

花冠村的村民围在九公公家门外。楝树儿坐在门槛上,小门神一样守着家门。九公公的鼾声像山风刮过松涛,在屋里屋外来回荡漾,此起彼伏。

杏儿妈妈说:"楝树儿,树儿,儿啊,你和杏儿姐姐最最要好。杏儿姐姐有啥好吃好喝的都让着你,有啥好玩的都给你玩,你不想救回杏儿姐姐吗?"

楝树儿说:"我想,我天天都想,夜夜都想,做梦都想找回杏儿姐姐。"

杏儿妈妈说:"好楝树儿,我们要去找杏儿姐姐,得拿到小红帽。"

楝树儿说:"不行,得爷爷醒了才能进去。"

杏儿妈妈急得抹泪。楝树儿委屈巴巴地看着屋外一堆

李杏儿和小山妖

黑压压的人,却又坚决地拦着大家。十二公公说再等等吧,按他九十多年来的老经验,九公公快醒了。

胡小龙很着急,但碍于这么多人,没办法,只好窝火地忍耐,心里暗骂,臭老头,天天睡,早晚有一天你得永远睡过去。

人们等啊等啊。胡小龙打了一个哈欠又一个哈欠,在打第二十八个哈欠的时候,那雷声松涛似的鼾声才停歇下来。山村瞬间安静下来,静得连松叶落在地上的声音都清清楚楚。

屋里有个苍老的声音飘出来:"不许动小红帽的脑筋,谁也不许动,动了也白动。"那声音像高入云端的大山一样令人无法撼动。

人们待在门口一动不动,九公公的声音有定身法,把他们一个个全定住了。

胡小龙在心里把九公公骂了十八遍。

杏儿妈妈跪倒在门口哭:"九公公,救救我女儿。杏儿多乖啊,她见了您一口一个九公公,九公公长九公公短,有好吃的总会孝敬您,您不能见死不救啊。九公公,求您把小红帽拿出来吧。"

胡小龙心里说:"哭吧哭吧,哭得再大声点再悲伤点,把小红帽给哭出来。"

楝树儿跟在杏儿妈妈的哭声里,也小声嘀咕:"爷爷,把小红帽拿出来吧,我们要去救杏儿姐姐。爷爷,爷爷——"

杏儿妈妈哭着说:"九公公,您要是不答应,我就一直一直跪在您门口。"

九公公苍老的声音又响起:"做人不能贪小便宜,小红帽是要回到主人手上的,要是落在我们的手上,一定会带来灾难。记住,人类决不能戴上山妖的小红帽。"说完鼾声又毫无意外地响起。

杏儿妈妈晕倒在地,十二公公指挥人们扶起她送回家。他让胡小龙想想别的办法,能不能救出李杏儿。

胡小龙心里说:"我才懒得救你们什么李杏儿胡桃儿胡梅儿,一个小女孩关我什么事?我要找的是山妖,是能让我名利双收的山妖。"

可他脸上还是堆出笑容:"好好好,我准能救出胡桃儿,哦不,胡梅儿,哦不,李杏儿。"

李杏儿和小山妖

　　楝树儿坐在门槛上,不再像以前像尊小门神那样端端正正地守着门口。他托着下巴,歪着身子,侧着脸,一脸忧伤地望着远处望不到边际的山林。

　　楝树儿对爷爷特别孝敬,是花冠村最最孝敬老人的孩子。他跟李杏儿也最要好,杏儿姐姐被山妖抓走,他躲在被窝里偷偷地不知掉了多少回眼泪。他不想惹爷爷不高兴,也不想杏儿姐姐被山妖抓去,现在不晓得怎么办了。

　　楝树儿恨自己太小了,小孩子不能做什么事,不能说什么话,说了也不会有人听,听了也不会有人做。他什么时候才能长大?大人能做任何想做的事。如果他是大人,只要拿把猎枪或砍柴刀,就能跑进山里去救杏儿姐姐。

　　楝树儿长长地叹了口气,回过头看看酣睡的九公公,心想,如果我能偷偷地拿到小红帽——

　　这个想法一出,楝树儿吓了一跳。他竟然想到偷东西,还是爷爷的东西。他可是个连针线都没有偷过的孩子。爷爷说过,小时偷针,大时偷金。他怎么能做一个让人讨厌的小偷呢?

　　在外面晃了一圈的胡小龙优哉游哉回来了,一眼看见坐在门槛上愁眉苦脸的小男孩。他已经收到国外同行的回

邮,对方以确凿无疑的资料证明,这确实是山妖的脚印,并问他在哪里,他也要立刻赶过来,一起共同研究山妖的惊世秘密。胡小龙狡猾地说是别人的照片,随后不再回复对方,因为他已不再需要对方。

胡小龙躲在树后盯着楝树儿,这个小男孩像一只笨鸟,他得做一名高明的捕鸟人,好好训练这只小笨鸟,让他乖乖地为自己做事。他的眼珠子转了几圈后,陡然一亮。

他正要离开大树,一只乌鸦哇地叫了声,掠翅飞走。胡小龙觉得脑袋一热,好像掉下了什么东西,伸手一摸,摸到了一手鸟屎。胡小龙气得直骂这只死乌鸦——真不吉利,他还没出手,就落了一头晦气。

胡小龙走到楝树儿面前,蹲下身对他笑:"楝树儿,好孩子,想什么心事呢?"

楝树儿没吱声。杏儿姐姐都救不了,科学家还有什么用呢?

胡小龙继续说:"我们打个赌吧,我猜猜你在想什么。猜中了,你听我的话。猜不中,我听你的话。"

楝树儿琢磨了下,如果他猜不中,就能听自己的话,

让他干啥就干啥,到时候让他多干点活儿,那多有意思啊。楝树儿点点头。

胡小龙的眉头皱得像一堆起了皱褶的山石,咂着舌头想了好一会儿,才凑近楝树儿的耳朵说:"我猜,你想偷偷拿到小红帽,去救杏儿姐姐。"

楝树儿惊奇地瞪眼,大声问他怎么知道的。太令人吃惊了,胡小龙的眼睛比月亮还亮,竟然一下子照见自己心里想的。他又一次觉得胡小龙了不起了。

胡小龙用沾着乌鸦屎的手揉了揉楝树儿的头发,很亲切的样子:"你老是忘记我是科学家,科学家知道的事太多了。来,我们想想,怎么能拿到小红帽?"

楝树儿吞吞吐吐地说:"可是,可是我爷爷——"

胡小龙变严肃了:"我们拿到小红帽,不是为了干坏事儿,我们是为了救杏儿姐姐,是为了一件很崇高很伟大很了不起的事,为了崇高伟大的事,我们用任何手段都可以,你说是不是?"

楝树儿想了想,一点也没错,是这样。他收起托着下巴的手,端端正正地放在膝头,满怀期待地看着胡小龙,等他像个神奇的魔术师一样变出好办法。

胡小龙又凑近楝树儿的耳朵嘀嘀咕咕,他给楝树儿出了个绝妙完美的主意。楝树儿听完,脸上的表情像挂了个苦瓜,还是那种蔫了吧唧的苦瓜。

胡小龙趁热打铁赶紧说:"楝树儿啊楝树儿,能不能救出杏儿姐姐就看你了。杏儿姐姐的小命就在你手上,你可不能害杏儿姐姐没命啊。"

楝树儿摊开手看了看,好像杏儿姐姐的命真的握在自己手上。他又紧张又害怕地把手往身后缩。

胡小龙把他从门槛上拉起,要他先做饭,他去村口小杂货铺打两斤酒,买些肉,好好吃一顿。只要按他说的做,准错不了。

楝树儿的脑子变得有些迷迷瞪瞪的。做饭时,胡小龙的声音在耳边响起:"杏儿姐姐的小命就在你手上了,你可不能害杏儿姐姐没命啊。"烧菜时,胡小龙的声音又在耳边响起:"杏儿姐姐的小命就在你手上了,你可不能害杏儿姐姐没命啊。"……

楝树儿晃了晃脑袋,声音还在耳边嗡嗡嗡地响,像苍蝇、蚊子围着他转。楝树儿心里说,我要救杏儿姐姐我要救杏儿姐姐……这想法越来越庞大,像片不断生长的茂盛

李杏儿和小山妖

的林子,占据并覆盖住他的心心念念。

当胡小龙一手提酒一手提肉走进屋时,楝树儿冲到他面前,额头沾着草灰,满脸通红,激动地大声说:"快快,我们快救杏儿姐姐——"

胡小龙笑得眉飞色舞,眼都没缝了。他觉得自己除了是一名优秀的探险家、伟大的生物学家,还是一名高明的捕鸟人,这么快就把一只小笨鸟训练好了。

吃饭时,胡小龙给九公公夹菜,楝树儿给九公公倒酒。因为九公公睡的时间特别长,空下来就吃野果,吃饭不多。他简直像传说故事里的老神仙一样,不食人间烟火。

不过没有人知道,九公公年轻的时候最喜欢的是喝酒。有一回喝了满满一坛女儿红,醉了三天三夜,结果误了心爱姑娘的约会,姑娘哭着上了花轿,做了别人的新娘。九公公一醒来就把酒坛子摔了,发誓从此不再喝酒。他果然说到做到,足足八十年没有喝过一滴酒。

这回是九公公八十年来喝的第一口酒。这一喝,酒匣子和话匣子都打开了。原本一天顶多说三句话的他,在袅袅酒香里,滔滔不绝地跟楝树儿和胡小龙说着话,说他年

花冠村的秘密

轻时候半天能翻八座大山，在最危险的山崖采摘蛇草药，爬上快碰到云朵的大树，挑着两百斤的箩筐一口气能走八十里山路，曾经被山妖抓过，被他们带到青蜂山的山洞，那洞好大好亮好宽敞，简直就是洞天福地……

胡小龙连忙问："山妖住的是青蜂山？"

九公公声音朦胧地说："青蜂山。"

胡小龙再问："真是青蜂山？"

九公公的声音越来越低："青蜂山。"他的手往窗外一指，很快软软地搭下，趴在桌上睡着了。鼾声随即响起，震得桌上的碗咯咯作响，碗里的汤也溅出了。

胡小龙和楝树儿吭哧吭哧把九公公搀扶到床上。胡小龙累得直喘粗气，他迅速掏九公公的口袋。九公公真是醉熟了，只顾呼呼大睡，一动不动，喝过酒他得睡很长很长时间。

楝树儿在旁边看着，心里有说不出的别扭。他觉得这样不对，可又说不出哪里不对。胡小龙是去救杏儿姐姐的，他帮着胡小龙，怎么能不对呢？他使劲晃了晃脑袋，好像要把脑袋里的不对劲给甩出来。

胡小龙找到了小红帽。他举着这顶看起来一点也不起

花冠村的秘密

眼的有点皱巴巴的小红帽，左看右看上看下看，心里半信半疑：这真是传说中山妖的小红帽吗？根本就是扔在街头也没人捡的破帽子。

胡小龙想了想对楝树儿说："我先戴上帽子试试，你看我有没有隐身。"

楝树儿紧张地说："你要是隐身了，千万不能跑掉，找到杏儿姐姐要还回来的。爷爷要是发现小红帽不见了，他会很生气的。"

胡小龙心里说：我要找的是山妖，有了山妖，谁还稀罕这顶破帽子——不过，要是这顶帽子真有这么大用处，我琢磨琢磨再说吧。

胡小龙一边戴帽一边说："你睁大眼看着，看仔细了——"

楝树儿瞪着圆溜溜的眼睛，一眨都不敢眨，怕一眨胡小龙就不见了——可他确实没有眨，胡小龙真的不见了，就像他从来没有出现过一样。

楝树儿害怕了，四处寻找，大声喊："你在哪里？快出来。你在哪里啊？我找不到你了。"

胡小龙一会儿晃到楝树儿面前，一会儿晃到他旁边，

对着他张牙舞爪、挤眉弄眼,楝树儿一点反应都没有。胡小龙确信这是山妖的小红帽没错了。他走到楝树儿眼鼻前,摘下了帽子。

楝树儿突然对上一张直直对着他的脸,吓了一大跳。胡小龙哈哈大笑,好像捡到了宝。当然这比捡宝更兴奋。他看到闪闪发光的未来在招手,比如名声、赞美、鲜花、财富——

胡小龙想到他的摩托车,这是下一步行动急需的东西。那几个带他来花冠村的村民把车子推到村口修理铺,说能修好。他叮嘱楝树儿准备好干粮和水,天一亮他们就出发,然后就急急忙忙跑出去了。

楝树儿在九公公的鼾声里默默地准备干粮和水。他对着九公公说,爷爷,我要去救杏儿姐姐,爷爷,我没做错对吧,爷爷,你不会怪我的对吧,你一定会夸我的对吧。他总觉得浑身长了刺似的不对劲,可也找不出那些刺在哪儿。

一会儿屋外响起突突突的声音。胡小龙把摩托车开回来了,他进屋扬着摩托车钥匙,喜气洋洋地说明天一早他们就出发,现在赶紧睡觉。天一亮他会叫醒楝树儿的。

花冠村的秘密

　　楝树儿的脑袋搁在枕头上时，还在迷迷糊糊地想：明天走的时候，得跟爷爷说一声，要不然他醒来找不到他会着急的——可瞌睡虫很快爬上眼睛，他很快沉沉入睡，原来吃饭时他也喝了一小杯酒。

　　胡小龙把所有干粮和行李装上摩托车，贴在九公公的门外听了一会儿，得意地笑。他在酒中还下了蒙汗药，所以酒醉加药醉，没有三天三夜是醒不过来的。再说了，等他抓到山妖，哪怕花冠村鸡飞狗跳、地动山摇，也跟他没半毛钱关系。

　　他本来是想甩掉楝树儿独自行动，反正小红帽也弄到手了，多条尾巴多个麻烦。后来一转念，他还得靠这傻小孩找到青蜂山，到时要遇到什么麻烦，这傻小孩可以拿来当挡箭牌。行，就这么办吧。

　　胡小龙在得意的笑和天花乱坠的幻想中入睡……

　　楝树儿被一阵刺耳的闹钟惊醒，胡小龙拎着闹钟贴着他耳朵喊快起来。楝树儿手忙脚乱地穿衣服。胡小龙没等他扣好纽扣，就拉着他往外走。

　　楝树儿回头挣扎着要跟九公公告别。胡小龙粗暴地拉住他，说再不救杏儿姐姐就来不及了。他一把将楝树儿拎

上摩托车,自己戴上头盔,让楝树儿坐稳了,就发动摩托车突突突地往山路开去。

楝树儿这才发现,天空还是灰蒙蒙的,大山还是黑乎乎的,空气还是湿漉漉的。山的影子像一群奇奇怪怪的动物,静静地站着蹲着趴着睡着。他从来没有坐过摩托车,现在坐在这个奇怪的铁家伙上,颠颠簸簸晕晕乎乎。他紧紧抓着胡小龙的后衣襟。风像一个可怕的妖怪,在他耳边呼呼呼使劲刮,几乎要把他从车上刮下来。他好紧张好害怕,又冻得浑身发抖。

胡小龙好像当他是一团空气,发疯似的往前开,几乎要一眨眼就赶到青蜂山。

楝树儿冻得实在受不了了,他喊我冷我好冷。胡小龙没理他,继续拼命地加速。楝树儿又喊冷。胡小龙充耳不闻。

楝树儿终于大哭,用拳头愤怒地捶打胡小龙的后背,用力推他。胡小龙只好停下摩托车,恼怒地问他想干什么。楝树儿说他冻死了。

胡小龙皱着眉头说真烦。他打开摩托车后备厢,拿出一件雨衣扔给楝树儿。楝树儿穿上雨衣,顿时觉得暖和

花冠村的秘密

多了。

胡小龙对楝树儿大声说:"傻小孩你给我听着,别再给我出幺蛾子了。你要是再叽叽叽叽啰啰唆唆,我把你扔下山崖喂狼。不信你试试。"说完便发动车子突突地出发了。

楝树儿的嘴一瘪,伤心地哭了。胡小龙怎么能这么待他?现在叫天天不应,叫地地不灵,哭死都没人发现。要真被他扔下山崖被狼吃掉,那还不如让山妖抓走,至少还能跟杏儿姐姐在一起。这家伙倘若真能找到杏儿姐姐,自己一定要告诉她,这人不安好心,不是个好人。

胡小龙不耐烦地吼:"闭嘴,傻小孩,再吼一声,我真把你扔下山崖了。"

楝树儿捂住耳朵,心里喊:杏儿姐姐救救我,我被坏人抓走了。杏儿姐姐救救我——喊着喊着忽然觉得不对劲,他是去救杏儿姐姐的,怎么变成要杏儿姐姐来救他了?

在楝树儿小声的哭泣里,摩托车像爬行在崇山峻岭的一只不起眼的小甲虫,绕着崎岖不平的山路,颠颠簸簸鬼鬼祟祟地朝前疾驶。

 ## 与楝树儿相遇

  小女孩李杏儿变黑变壮变结实,也变得更强大了。她可以一口气连翻两座陡峭的大山,连爬三棵高入云端的大树,可以轻松地采摘悬崖峭壁的草药和野果,她唱歌的声音更加响亮了……

  南瓜跟着她上蹿下跳,也长了不少本事。比如它能一下子蹿到高高的树梢,攥着树枝荡秋千玩。饿了不用李杏儿找食,自己跑到山上,瞅个冷子就能逮只小山鸡吃。

  李杏儿跟精精儿、怪怪娃和灵灵幺相处得越来越亲热,以至于他们觉得他们是打小一起长大的伙伴,谁是人谁是山妖,根本就无关紧要。

  李杏儿跟着山妖学了一身本事,当然也把人类的本事教给了他们。

 花冠村的秘密

　　山妖们平时吃野果,洗也不洗,皮也不剥就一口囫囵吞下。李杏儿教他们清洗,剥皮,细细地咀嚼品尝。山妖们品尝到野果各种各样的滋味,高兴得眉毛都要跳起来了。他们吃了这么多年,第一次学会怎么吃才算好吃,以前简直就是白吃了。

　　她教他们榨果汁,这更是一件稀罕的事。

　　李杏儿用竹节自制了个榨汁器,把野苹果、野梨、野杏之类的放进榨汁器,一掐一摁,红红绿绿的汁水就汨汨地淌下来,榨了满满一竹碗。她让山妖们喝。

　　山妖们瞧着这碗鲜艳的汤水,不敢喝。他们倒不怕死,山妖得活三千年才会死,他们还嫩着呢。精精儿和怪怪娃怕酸掉大牙,有一回他们吃到还没成熟的野杏,酸得一个个倒吸冷气、直打喷嚏,接连打了十八个喷嚏那酸劲儿才过去。灵灵幺倒爱吃酸的,可这种榨成果汁的,让她很疑惑,这也算野果吗?

李杏儿和小山妖

李杏儿先喝了口,让南瓜也喝了口。南瓜喝过兴奋得上蹿下跳,蹿到大树上,爬到树梢,颠儿颠儿地荡秋千玩。

灵灵幺拿过竹碗,先是呷了一口,吧唧嘴品尝了下,顿觉甜甜美美。她一口气连喝了两大口。怪怪娃急了,不由分说夺过碗,呼呼呼连喝两大口。精精儿是大哥,自然得让着弟弟妹妹,可喉头的馋虫儿不会让人啊。他赶紧拿过碗,碗底只有一小片汁水了,他伸出舌头舔了舔,那滋味啊,别提多甜美了。

三个山妖喝完果汁,眼巴巴地看着李杏儿。李杏儿又榨了一碗。三个山妖喝得眉飞色舞、摇头晃脑,摸着肚子直乐。

李杏儿还教他们煮食物。山妖的世界从来没有煮食这回事,他们没有品尝过熟食是什么滋味。李杏儿把捕来的野兔、野鸡架在火上烤,声音吱吱吱地响,油水嗒嗒嗒地往火里滴,香味儿像长了翅膀的小虫子,一个劲儿往他们鼻孔里钻,三个山妖晕晕乎乎,打了几个转就晕倒在地,他们被香味熏倒了。

山妖们醒过来,烤兔、烤鸡正烤得恰到好处。这回他

花冠村的秘密

们不再犹豫,抓过撕开就吃。啊——太好吃了,世界上怎么有这么好吃的东西?生食跟熟食就是两回事儿。生食脆脆的、鲜鲜的,熟食嫩嫩的、香香的。他们狼吞虎咽,连骨头都不剩一根。吃完后,三个山妖把手指缝都舔得干干净净。

山妖们学会了唱歌,唱他们之前很早就听过的,从花冠村传来的遥远的山歌。他们很聪明,学得很快,虽然唱得不咋的,像饿肚子的小狼在尖叫。他们学会了跳舞,手舞足蹈乱蹦乱跳,看起来像跳大神。

最神奇的是,山妖们学会了认字、算账。李杏儿拿树枝在地上写字,足足用掉了一大捆树枝,写满了一个山坡,才教会他们写自己的名字。可他们还是老搞错,把对方的名字认作自己的名字。李杏儿觉得他们真是笨死了,一生气扔掉树枝说不教了。

三个山妖赶紧围着她又唱又跳,拼命讨好,做鬼脸逗她。他们本来就很丑,一做鬼脸更丑了,要是不认识他们准会吓个半死。李杏儿拿起树枝说最后教一回。这一回,他们总算牢牢记住了。

李杏儿又教他们学一加一等于二。方法很简单,就是

李杏儿和小山妖

拿出两个野果,先放一个野果说这是一,再放一个野果说这是二。一加一等于二。

三个山妖瞪着眼珠子,盯着挪来挪去的两个野果,怎么也弄不明白。

李杏儿教了八遍,三个山妖还是眼珠子直直,李杏儿想到爸爸教过她的一句成语——呆若木鸡,就是这模样吧。

汗水从三个山妖额头淌下来,把脚下的泥土濡湿了,变成一股细细的溪流哗哗地流下山。李杏儿觉得他们又可怜又可爱,心一软说你们不用学了,反正山妖的世界学了也没用。三个山妖的脖子一拧,说一定要学会。那天太阳快落山时,他们才学会这道难得要山妖小命的数学题。

对最小的山妖灵灵幺来说,这些本事都不算本事,把自己打扮得漂漂亮亮才是最大的本事,所以她一有空就缠着李杏儿,让她教怎么洗脸,怎么把脸蛋整得白白嫩嫩、光光滑滑。李杏儿本来还算是白嫩的,现在整天猴儿似的在山上蹦,早就整得黑黑的。当然这并不妨碍她教灵灵幺怎么倒饬自个儿。

李杏儿以前看妈妈摘花,掐出花汁儿涂在脸上,隔半个时辰再洗去,脸蛋就变得白白嫩嫩了。她就依样画葫

芦,摘了几朵花,掐出汁儿,涂在灵灵幺的脸上。灵灵幺乖顺得像猫,吭都不吭一声,动都不动一下,任由李杏儿折腾,唯恐动一下就变丑了。

半个时辰后洗好脸,灵灵幺兴冲冲地跑到溪水边照镜子,高兴得蹦到树上,她觉得自己漂亮得像朵花了。李杏儿在边上捂嘴直乐,灵灵幺跟之前一模一样,连头发都没漂亮一根。灵灵幺可不管,跑到两个哥哥面前,硬逼他们承认自己漂亮多了。

精精儿和怪怪娃互相看看。李杏儿在旁边对他们又挤眉又弄眼,又挥拳头又跺脚,让他们说好话。两个山妖赶紧把脑袋点得鸡啄米似的,唯恐小妹妹一不高兴,得哄上小半年呢。现在灵灵幺给自己改了外号,叫"最美的山妖小仙女",还让两个哥哥轮流喊她三遍。

李杏儿喊了六遍"最美的山妖小仙女",灵灵幺高兴得背着李杏儿飞了一圈大山。精精儿和怪怪娃赶紧陪飞,这个小妹功夫还不怎么到家。李杏儿趴在灵灵幺背上,看到了美得像画似的连绵群山、郁郁丛林、崎岖山路、清清溪流,还有更远处藏在山林的花冠村。她兴奋地大喊:我爱你大山,我爱你花冠村……

李杏儿和小山妖

三个山妖也跟着这样喊。

那天花冠村的人们听到一个小女孩遥远的隐隐约约的声音,他们走出屋朝四周看去,只看见群山起伏,树木摇曳,鸟雀掠过蓝白相间的天空发出脆生生的歌唱。他们觉得这歌声像李杏儿,又不太像,觉得自己可能出现幻觉了。

每天太阳西下,鸟雀们扑棱着翅膀纷纷回巢,三个山妖也跟李杏儿拥抱告别。他们得回山洞跟山妖妈妈在一起。

精精儿仔仔细细检查一遍洞里洞外,确保没有一只虫

花冠村的秘密

子躲在角落会出来欺侮李杏儿。怪怪娃打扫干净地面。灵灵幺把吃的堆得满满的。他们依依不舍地告别,好像再也不能见面似的,天知道一大早他们就又蹦又跳地玩在一块儿了。

李杏儿让他们赶紧走,她已强大得令附近的小虫子落荒而逃,谁还敢欺侮她。等到山妖们离开,把洞口掩护好,洞里的世界就剩下李杏儿和南瓜了。

李杏儿躺在小床上,两手枕在脑后,跷着二郎腿,跟南瓜聊天。她从小跟南瓜生活在一起,南瓜就是她的小伙伴,是她的跟班,是她高兴时倾诉的知心朋友,生气时发泄的树洞。南瓜从来不计较她的喜怒哀乐,上一秒李杏儿还对它发脾气,下一秒就对它又搂又亲。

李杏儿说:"南瓜,你吃了多少好吃的,你看都胖成小皮球了,一滚就能滚到山脚。你再吃下去,当心胖成大皮球,到时候我看你回家还怎么进门。"

南瓜汪汪地叫,说看看你自己,本来白白净净的小女孩,现在整个成了又黑又壮的假小子,回家妈妈怕不认得你了,还说我呢,哼!

李杏儿看了三天日出三天日落,觉得才在山上待了三

李杏儿和小山妖

天,妈妈还没从青木瓜镇回来,那么她和南瓜还可以再玩两天再回家。可她没想到,山上的一天等于是花冠村的一星期。也就是说,她在山上已待了三七二十一天,妈妈早急得病了又好,好了又病,见人就絮絮叨叨地说梦见杏儿带南瓜回家了,一睁开眼就赶紧四处寻找,可屋里还是空空荡荡,又急得直哭。她还错把别的小女孩当成女儿,搂进怀里又亲又吻。

李杏儿继续说:"南瓜,我们现在学了那么多本事,回花冠村给大家亮个一招两招,你说会不会把大家吓一跳啊?嘿嘿,对,不告诉他们,我们去了哪儿,让他们猜。我们就骗他们说被山妖抓走了,山妖们待我们可好了,给我们好吃好喝好玩的——不对,这是真事儿,不是骗他们。山妖们特别特别可爱,特别特别好玩,特别特别好心眼儿……"

她唠唠叨叨地说,南瓜听得摇头晃脑,慢慢就睡着打起鼾来。南瓜也沾上了九公公的毛病,那鼾声也挺有点小气势。李杏儿在南瓜一高一低的鼾声里也渐渐入睡了。

山妖妈妈挂在青蜂山山洞一棵高耸入云的云杉树上,

花冠村的秘密

目光警惕地扫视青蜂山以及花冠村附近的群山。云杉树已经三千五百岁了,比山妖妈妈的年纪还大。

青蜂山山洞是这里最大最神秘的山洞,也是山妖最多的山洞。这里遍地盛开蓝萤花,到处是奇花异果、奇虫异兽。云杉树缀满了亮晶晶的琥珀,一到夜晚就散发星星点点的柔和光泽,又炫目又美好。

山妖妈妈的眼睛特别亮,亮得能看见森林里一枚云杉叶子的缓缓坠落,能看见一只蚂蚁爬过洞口。她的耳朵特别灵,能听见一只虫子的喷嚏声、每一个山妖孩子的梦呓。她的鼻子特别敏锐,能嗅到孩子们三百年前吃过的食物气息,能闻到第一朵蓝萤花开放的清香。

可老虎也有打盹的时候,马也有失前蹄的辰光,山妖妈妈稍一疏忽,她最疼爱的三个山妖孩子在她眼鼻子底下干了一件她想也没想到的事——孩子们居然把一个人类孩子藏在山洞里,跟她和一只近视眼狗成了好朋友。

山妖妈妈的法宝是很难躲避的,可山妖们掐准了妈妈打瞌睡或忙活的时候,把李杏儿藏进了属于他们自己的山洞。进了山洞当然是他们的天下,山妖妈妈眼睛再亮也看不透厚厚的山壁。

花冠村的秘密

不过道高一尺魔高一丈,何况山妖妈妈到底是活了三千多年的山妖,虽然没看到也没听到什么,可她的鼻子没闲着。孩子们这几天玩得满头大汗回来,她一嗅就嗅到了人类气息,那是她最能识别的。起初她以为是经过山上的人们的气息。大山不仅仅是属于山妖的,也是属于人类的。山妖们的职责是守护大山,让大山世世代代永远山清水秀,山不动地不摇路不转,人类不争不抢不斗,人和妖在各自的世界里千百年来相安无事。

可现在孩子们身上的人类气息越来越重,一点也不像随便沾上的那种若有若无若隐若现——这是一种极其危险的信号和气息,一种足以致命的、令山妖世界遭殃的人类气息!这是山妖妈妈最最担心的事。

山妖妈妈像树叶一样挂在云杉树上,晃来晃去,看起来像在荡秋千,其实心里有一团火在烧。三个孩子刚一进山洞,她就嗖地飞下来,挡在他们面前,笑嘻嘻地说:"孩子们,玩得开心吗?瞧瞧灵灵幺,脸蛋都脏成泥巴蛋了。怪怪娃,你头发都乱成草窝了。精精儿,你这个当哥的怎么把弟弟妹妹弄得这么脏?"

山妖的笑,在人类看来是龇牙咧嘴,又丑又可怕得要

李吉儿和小山妖

吃人。在山妖们看来,那是他们最熟悉最亲切的笑。三个山妖异口同声说一点也不累,玩得特别开心。

灵灵幺喜滋滋地说:"妈妈,我从来没有这么开心过。哦,我是真正的最美的山妖小仙女。"

山妖妈妈把他们一个个拉到身边,挨个儿嗅了嗅。她平时也这么嗅他们,这是山妖爱孩子的表现。可山妖妈妈皱起了眉头,她从孩子们身上嗅到了确认无疑的人类气息,一种太阳晒在干草上的又温暖又迷惑的怪异气息。没错,这是人类的气息,她太熟悉这气息了。

山妖妈妈悲哀地想,不管她多么牢牢地盯着所有孩子,还是阻止不了人类蛮横地闯进山妖世界。山妖与人类应该明白彼此的界限。山妖尽心地保护大山,人类诚实地劳作和繁衍生息,生活在各自的世界,保持应有的距离,彼此不超越、不跨界、不打扰,更不能互相伤害,这样人类与山妖才能世世代代和和气气地生活下去。可人类为什么不懂呢?

山妖妈妈让三个孩子坐在身边,尽量让自己平静下来,她开始讲述故事。她讲的是八百多年前、一千多年前、一千五百多年前远去的故事。她说那时候的山妖祖先

花冠村的秘密

与人类偶遇,比如人类误闯山妖世界,或者山妖发现摔在山谷的人类,出于好心,山妖们会把人类带到山洞,好吃好喝招待客人。

人类看见山妖世界的奇花异果,特别是亮晶晶的琥珀,眼珠子都直了。他们刚进山洞时是很胆小的,只要待上两三天,胆子就大起来。东张张西望望,东摸摸西碰碰,开始动手摘花摘果子。山妖们当然任由他们这么做,还因为人类喜欢自己的东西而高兴。没过多久,他们的手伸向树上的琥珀。山妖们还是没说什么,因为琥珀多得像树叶一样,任由他们摘,装满口袋,最后把他们送下山。

有一年,山妖们把一个摔伤的人救起,在山洞治好伤后送下山。三天后,山洞里的山妖都昏迷了。原来这个人带了些人悄悄进山,用千年松柏枝点燃山洞,把山妖们悉数熏昏,偷走了所有的琥珀。临走时他们绑走了三个小山妖,带到山下,把他们当稀奇动物到处展览,卖门票收钱,把三个小山妖活活折磨而死——因为这些山妖太小了,还没来得及学本事。

山妖们愤怒地下山,把青蜂山附近的人类消灭得干干净净,仇视人类整整一千年。一千年里,群山郁郁,林海茫茫，没有一丝一毫人间烟火。直到一千年过去，当第一个远道而来的人在花冠村搭下第一间茅草屋，山妖们才将仇恨咽下去，因为这个人与杀害山妖的人没有任何关系。

一千年后，又一个误闯山妖世界的人被山妖救起。他倒不是有意伤害山妖，可在烤火时，不小心引燃了干草树枝，活活烧死了五个小山妖。那人号啕大哭，拼命向他们认错。山妖们怒气冲冲地要报复时，山妖妈妈忍着悲伤告诉孩子们，这人是无意的，上天已经用难过、自责和哭泣惩罚他了。山妖之所以能成为山妖，是因为比人类的心灵更加光明敞亮。远离人类，是保护山妖自身的最好办法。

灵灵幺着急地说："人类多有趣多好玩啊，我不要远离人类，远离我的好朋友。"她这一说，等于把他们共同的秘密供出来了。

精精儿和怪怪娃急得直对她挤眼睛，可灵灵幺光顾着看妈妈，没留意。

山妖妈妈温柔地说："告诉我，孩子们，你们把人类藏在哪儿？"

怪怪娃扑上前："妈妈，李杏儿不会伤害我们的，她是个好可爱的人类孩子。"

花冠村的秘密

精精儿在旁边嘟囔:"没错,李杏儿跟别的人类不一样,我觉得她可能或者也许说不定也是个山妖孩子。"

山妖妈妈是个非常爱孩子的妈妈,从来不强迫孩子们做不情愿的事,比如硬让他们交出李杏儿,她温柔地搂着三个孩子说:"不能与人类做朋友,是因为人类有一个最大的致命弱点,他们分不清爱与恨的边界,常常弄混,爱里混杂着恨,恨里混杂着爱,他们所有的仇恨都源于爱。你们跟人类相处得久了,也会沾上他们的毛病,和他们现在有多爱,以后就会有多恨。"

精精儿、怪怪娃和灵灵幺听得迷迷糊糊,觉得妈妈说的话比李杏儿教他们数数和写字还要难懂。爱和恨是什么东西?能吃的还是能玩的?香的还是臭的?酸的还是甜的?

山妖们只懂得用行动去爱,爱妈妈,爱兄弟姐妹,爱大山的草木花果、鸟兽虫鱼,爱大自然一切美好的存在,这跟人类一样,是上天赋予的天性。可当"爱"这个字眼说出口,他们就弄不懂爱到底是什么样了。

山妖妈妈不知该怎么向孩子们解释,山妖的世界一向是那么单纯、干净、温暖、美好,没有仇恨、伤害、背

叛、告密、嫉妒等这些人类丑陋的毛病，他们又怎么能了解爱与恨是什么感受呢？

山妖妈妈想了想，把灵灵幺的手按在她的胸口，说："如果你感到爱，这里是暖暖热热的。如果你感到恨，这里是冷冷凉凉的。"

灵灵幺眨了眨眼说："如果感到爱，吃起来是甜甜的、香香的。如果感到恨，吃起来是酸酸的、臭臭的。妈妈是不是这样？"

山妖妈妈再也说不出话。他们一向是囫囵吞食物的，还没到品尝酸甜香臭的年纪，可他们现在懂了，如果没有人类指点，他们怎么会懂呢？这太可怕了。

山妖妈妈飞上树梢，朝远方眺望，目光像风一样，刮过一层层山峦、一片片树林。山林在她目光的扫视下，像听到了她的召唤，缓缓地摇曳起舞，露出山坡、溪流、峡谷、山洞……她虽然没能看到什么，可深深感觉到，人类的脚步在一点一点迈向山妖世界，不可阻挡，不可避免。

她默默地说，如果上天注定要带来劫难，那就来吧，她会用所有的力量保护孩子们，哪怕用三千多年的生命。

 **灵灵幺被抓**

李杏儿爬上高高的红豆杉树,抱着南瓜,跟它商量回家的事。李杏儿算了算,明天妈妈就要从青木瓜镇回花冠村了,他们得回家,免得妈妈担心。

南瓜把脑袋拱在她的怀里,不情不愿地呜哩呜哩。它本来就贪玩,来到这里,天天跟花草虫兽玩,怎么舍得回家?花冠村太小了,李杏儿又不爱跟村里小朋友玩,它只能整天跟着她待在屋里,又寂寞又无聊。

南瓜抬了抬眼镜,打了个哈欠打瞌睡,装作没听见。

李杏儿说:"我知道你贪玩,舍不得离开这里。可我们还是要回家的,不然妈妈生气了我可不帮你。精精儿、怪怪娃和灵灵幺都是我们的好朋友,我们可以常来看看他们,他们也会常来看看我们。你们做小狗的除了啃骨头什

么也不懂,好了,我们下去吧。"

李杏儿一纵身,就从高高的红豆杉上飞跃而下。南瓜吓得紧紧抱住她,耳边风声呼呼,毛发一根根竖起来。还没等它叫出声,他们就稳稳地站在了地上。

他们一落地,三个山妖像从地下突然生长出来的竹子一样,围在他们身边。以前的李杏儿一定会吓一跳,现在她已习惯他们用这种方式出现了。

三个山妖苦着脸,一个比一个苦,好像吃掉了一箩筐苦瓜似的。

灵灵幺说:"我又忘了一加一是多少,你再教教我嘛。"

李杏儿不客气地说:"你傻成这样,再教三百年也没用。你们山妖能活千百年,我们人类可不行,顶多活一百多岁就死了。"

李杏儿是满不在乎说的,她只是听九公公和十二公公这些老人经常说死啊死的,就不知道死到底是怎么回事。山妖们同样也不知道,只是看到一些老得像树根一样的山妖,陆陆续续消失在山洞,变成淡淡的蓝烟,消失在大山里,从此再也没有回来过。李杏儿这么一说,大家都不说

花冠村的秘密

话了。他们突然发现了一件可怕的事会把他们分开——那就是死。到了死的时候,他们就永远消失在这个世界,忘记了他们曾经有过的所有欢笑和歌声。

灵灵幺哭出来:"我不要死,不要不要不要——"

精精儿忙安慰:"我们山妖得活千百年,活到你不耐烦为止,你怕什么啊?"

灵灵幺说:"可是,可是李杏儿会死掉,她是人类,人类顶多活到一百多岁就死了。我不要李杏儿死掉。"

她一哭,天上就滴滴答答下起了雨。

怪怪娃说:"你快别哭了,你一哭就下雨,李杏儿和南瓜下山会滑倒摔伤的。"

李杏儿也赶着安慰:"灵灵幺,你放心,我离死还远着呢。再说了,就算我死了,还会有张杏儿、王杏儿、周杏儿……很多很多跟我一样的女孩子,跟你们做好朋友呢。"

灵灵幺说:"可是,可是我只喜欢跟你做好朋友,你答应我不能死,跟我们一样一直一直活下去。"

李杏儿只好答应像山妖一样活下去。灵灵幺咧嘴笑了,笑得比哭还难看。

李杏儿和小山妖

李杏儿说:"可是,我还得回家去,因为我想妈妈,想花冠村。"

她挨个抱了抱山妖们,亲了亲他们丑巴巴的脸,拍拍他们的肩说:"我会想你们的,我还会来看你们的,我爱你们。"

山妖们用眼神你问我,我问你,然后异口同声问:"什么是爱?"

李杏儿像咽下了大核桃,嘴巴张得大大的,她咂了咂嘴,边想边说:"爱?爱就是,当你想一个人,当那个人像影子一样浮在你心中的时候,你晚上会做梦,梦里会有闪闪发光的星星,那些星星会冲你眨眼睛;你走在黑夜的山上,月亮会很亮很亮,一直一直照着你走的路;你还会闻到月光下开的那些花,它们香得让你醉倒;下雨天的时候,你走在雨地里,全身淋湿了,还是会很快乐地去踩水花;天冷的时候,北风呼呼吹,可你一点也不会觉得冷,心里暖得像有一个太阳——嗯,爱就是,能让你变得很勇敢很强大很温暖,什么也不怕。"

山妖们恍然大悟似的点点头,其实他们还是懵懵懂懂云里雾里,觉得李杏儿在讲一个很遥远很古老的故事。可

他们再说不懂,李杏儿会说他们傻,说他们再过三百年也教不会。

精精儿扛出一袋野果,怪怪娃扛出一袋野味。灵灵幺不知拿什么送李杏儿,急得团团转,摸了摸脑袋叫道:"小红帽小红帽,我的小红帽呢?"

精精儿和怪怪娃提醒她,她的小红帽掉了,妈妈到现在还不知道呢。灵灵幺拍了拍脑袋,怪自己忘性太大。她向怪怪娃伸手要小红帽。怪怪娃捂着口袋不肯,他一向舍不得把自己的东西分享给别人,他觉得别人会弄坏的。精精儿拿出小红帽,他是大哥,当然什么都让着点儿。

精精儿问她拿小红帽干什么,灵灵幺跳到李杏儿面前,伸手给她戴上小红帽。

南瓜惊慌地大叫,因为李杏儿突然不见了,只看见她原先站的地上飘起一股淡淡的蓝雾。它上蹿下跳寻找小主人。

李杏儿也吓了一跳,因为她发现手变成透明了,透过手掌,能清清楚楚看到惊慌的南瓜,还有笑嘻嘻的三个山妖。看到他们傻乎乎地笑,李杏儿放心了。她伸出脚看看,脚也是透明的。这么说她变成了一个隐身人。她能看见别人,别人却看不见她。这太好玩了。

李杏儿跑到丛林边的一群山鸡面前。原本稍有动静它们就会四下逃窜,可现在它们仍然不慌不忙地啄虫吃草,当她是空气。李杏儿再走到一群躲在竹林深处的野兔中间,它们是一群掉片树叶都会惊慌逃窜的家伙,可现在它们互相咬着长长的兔耳朵说悄悄话,连红红的兔眼睛都没转动一下,白白的兔毛都没有抖动一下。

她就这样蹦来跳去一直玩着。南瓜胡乱地叫了一会儿,也顾自在草地上追逐小动物玩。它才懒得催李杏儿回花冠村呢,巴不得一直待在这儿。不过南瓜没玩一会儿,李杏儿像一棵树一样突然长在南瓜蹦跳的草地上,把它吓了一跟斗。

李杏儿把小红帽还给灵灵幺,擦着额头的汗说:"我玩够了,得回家了。"

灵灵幺眼泪汪汪地说:"杏儿杏儿,你不要回家,小红帽多好玩啊,你就住在这儿好不好?"

李杏儿摇摇头:"不行不行,我要回家,我想妈妈,

花冠村的秘密

小孩子只有跟爸爸妈妈在一起才是最幸福的。"

三个山妖又糊涂了，问："幸福是什么？"

李杏儿抱起南瓜，使劲地想了想说："幸福就是，先有爱，跟你爱的一切在一起，然后幸福就跟着来了。"

三个山妖说："那我们的爸爸回来了，我们是不是也有幸福了？"

李杏儿点点头说："对对对，当你们的爸爸出现在你们面前，当一家人团聚时，你们就会知道什么是幸福。"

怪怪娃把装野果野味的两个袋放在南瓜背上。南瓜一下子被压成了南瓜饼，趴在地上尖叫。李杏儿连忙背起袋子，南瓜从地上爬起，抖了抖脏兮兮的狗毛，又变得圆滚滚的。它在山上至少胖了十斤。

好心的精精儿驮起两个袋子。于是一人一狗三妖，沿着山道往山下走。他们本来可以飞下山的，可灵灵幺说飞下山马上就到了，她想跟李杏儿多待一会儿，走路挺好玩的。

他们一路走一路唱李杏儿教的歌《送别》：长亭外，古道边，芳草碧连天。晚风拂柳，笛声残，夕阳山外山——

这歌是李杏儿爸爸教她的。李杏儿不懂这歌是什么意思，只觉得很好听，听着听着又会莫名其妙地难过，却又说不出难过些什么。三个山妖更不懂了，他们只会跟着哼哼那调儿，那调儿也足够让他们难过，好像有只手在轻轻抓挠他们的心，心酸酸的、麻麻的。

他们不知道，这歌唱的就是他们心里那些酸酸麻麻的感觉。

南瓜在山路上跑得很快。离开青蜂山它很舍不得，可一下山，它很快把难过抛在山上了，欢喜得一路直打滚。它听见了杏儿妈妈的呼喊，听见了从花冠村吹过来的风里裹着的孩子们的欢声笑语，闻到了多年来熟悉的气息。它恨不得一个滚儿就到花冠村。

李杏儿和三个山妖走得很慢。他们摘摘花果，逗逗路边的小动物，在草地上翻几个跟斗，爬到树上荡荡秋千……慢吞吞地走，这样时间就能像拉糖一样拉得很长很长，他们也能像吃糖一样慢慢慢慢慢慢地品尝。

一人一狗三妖来到一片开满鲜花的山谷地。穿过这片山谷地，再翻过一座山，就是花冠村了。

花冠村的秘密

李杏儿停下脚步:"你们回家吧,妈妈还在家等着你们呢。"

灵灵幺说:"不急不急,我们一飞就能到家,我们要看着你到家才放心。"

李杏儿说:"没事儿,我现在力气大得像小牛,没有谁能欺负我。"她还举了举胳膊,表示很有力量。

李杏儿背起两个袋子,向三个山妖挥手告别,她心里想着妈妈,开心还来不及,就没有三个山妖那么难过。

灵灵幺看着李杏儿的背影,难过地说:"我觉得杏儿好像不爱我们,她一点也没有舍不得我们。"

爱?一个小山妖居然说出了"爱"这个字?!

精精儿和怪怪娃惊奇地看着她。灵灵幺也捂住了嘴,她也觉得很吃惊。爱就那么自然而然地说了出来,好像就在她嘴边,只等出声。原来爱是一朵一直没有盛开的花蕾,它含苞很久,只在等合适的时机。

山妖与人类是不同的生物,但有一点是相通的——他们都懂得爱。爱一旦说出来,就像一个个花蕾开成了一朵朵美丽的花。

三个山妖拥抱在一起,为他们第一次说出爱而欢欣。

灵灵幺想跑上去告诉李杏儿,他们也懂得爱了。精精儿拉住她,说等到李杏儿第二次来时再告诉她。

李杏儿跟着南瓜走了没几步,南瓜像踩到蛇似的尖声狂叫。接着它一个劲儿往后退,好像前面有什么可怕的东西。

李杏儿说:"南瓜南瓜你怎么了?你是不是不想回家?"

南瓜跳到她的脚背,委屈地呜呜叫,再用爪子指指前方。

李杏儿顺着它指的方向看,只看到牵丝攀藤的枝枝叶叶,枝头没有飞鸟振翅,灌木丛也没有走兽的行踪,她说:"好吧,我走前面,给你开路。"

她走了没几步也停下,直直地看着从树枝后钻出来的一个人。

一个陌生男人,面孔瘦削,头发蓬乱,眼珠子骨碌碌乱转。这人是谁?为什么出现在这荒无人烟的山道上?

李杏儿还没发问,从他身后探出一个小男孩,让李杏儿惊喜地大叫:"楝树儿楝树儿,怎么会是你?你怎么会在这里?"

花冠村的秘密

　　楝树儿的眼神本来有点疑神疑鬼，因为杏儿姐姐没这么黑这么壮这么结实。但她很快叫出了自己的名字，那声音一点也没改变，还是像山雀那样干净而响亮。

　　楝树儿扑上来呜咽："杏儿姐姐，是你吗？真是你吗？"

　　李杏儿笑了："你摸摸看是不是我。这是我的头发、我的眼睛、我的鼻子。嘿，才几天不见，你就不认得我了？"

　　楝树儿摸摸她："你的手还在，头发还在，杏儿姐姐，你没被山妖吃掉啊？"

　　李杏儿笑了："山妖跟我是最好最好的朋友，他们怎么会吃我呢？"

　　楝树儿说："不对，你离开花冠村都一个多月了，怎么说才几天呢？"

　　李杏儿说："不对，我才离开几天，怎么会一个多月呢？"

　　在他们诉说离别之情的时候，胡小龙直勾勾地盯着旁边像蓝色棉花糖一样的三个山妖。没错，每一个特征都符合书上介绍的山妖。三个，三个价值连城的山妖啊。胡小

龙的喉咙清清楚楚地响起咽口水的声音。

三个山妖没注意这个居心叵测的不速之客，只是挂在树上，好奇地围看李杏儿和楝树儿。灵灵幺看着他们亲热的样子有点嫉妒了，她觉得李杏儿对小男孩比对自己更好。难道他们才是最好的朋友吗？嫉妒让她的鼻子都有点歪了。

胡小龙看着灵灵幺的歪鼻子，更是欣喜若狂。根据书中介绍，歪鼻子是山妖嫉妒的表现，表示这个山妖的智商很高，相当于人类七八岁，那就更值钱了。胡小龙悄悄地从袋子里掏出绳子。这是用来捕获动物的高级纳米绳，功能很强大，肉眼一般看不出。与此同时，他悄悄戴上了小红帽，瞬间消失了。

胡小龙很贪心，可他只带了一根纳米绳，所以想用一根绳子捕三个山妖。他第一个扑向灵灵幺，迅速地用绳子打上结。毫无防备的灵灵幺呆愣原地，不明白自己怎么突然被绑住了。

胡小龙接着扑向精精儿和怪怪娃，两个山妖迅速戴上小红帽，及时逃过了魔爪，大声呼喊："杏儿，有坏人，坏人抓我们。"

李杏儿和小山妖

南瓜的狗眼看得清清楚楚,冲着胡小龙消失的方向拼命地叫。

李杏儿和楝树儿就她离开花冠村是几天还是一个多月而讨论时,突然听见精精儿和怪怪娃的尖叫,还有南瓜的汪汪声。

李杏儿看到灵灵幺站在草地上拼命挣扎,好像身上绑着绳子,但看上去并没有什么绑着,她怎么会这样啊?精精儿和怪怪娃呢?他们消失了,一声声喊叫在空气中响着:"杏儿,有坏人,坏人抓我们。"

还有那个陌生人呢,他去哪儿了?

李杏儿一头雾水,不明白发生了什么事。南瓜冲着空气直叫,还用爪子挠着,跃跃欲试又不敢上前的样子。

楝树儿只顾着跟杏儿姐姐说话,一开始就没注意到她身边还有山妖。而且他们都挂在树上,不仔细看是不会注意到的。现在突然响起的声音让他很害怕,他不由得紧紧抓住杏儿姐姐的胳膊。

李杏儿说:"楝树儿,山妖是我的好朋友。你带来的人是谁?他为什么要抓山妖?"

楝树儿顿时什么都明白了。原来胡小龙把自己当诱

饵,他根本不是来救杏儿姐姐的,而是来抓山妖的。可他为什么要抓山妖呢?

楝树儿举着小拳头冲着空气喊:"胡小龙快出来。你说话不算话,你说是来救杏儿姐姐的,你骗我,你是坏人,快出来——"

精精儿的声音在空气中响起:"杏儿杏儿,那个陌生人是坏人,他抓走了灵灵幺,你快救救灵灵幺。杏儿杏儿——"

李杏儿和南瓜、楝树儿扑上去。一个大人对付两个小孩和一条小狗太容易了,他狠狠地把他们推开。南瓜被踢到荆棘丛中,疼得汪汪直叫。楝树儿被踢向山崖,差点掉下去,他死死拽住一根老藤。李杏儿掉进了山沟。两袋野果野味掉下了山崖。

胡小龙背起灵灵幺就往山下逃窜,他的摩托车停在山脚下。

李杏儿挣扎着从山沟爬上来,一手抓住树,一手拉楝树儿,把他一点点拉回来。南瓜被荆棘扎住,动弹不得,动一下都疼得尖叫。李杏儿和楝树儿小心翼翼地拨开荆棘,把它救了出来。过程中两人也被扎出血。等到终于把南瓜救出来，它的身上冒出好几个血洞，嗒嗒地淌血。李杏儿心疼得大哭，抱着南瓜不知如何是好。

精精儿和怪怪娃现身，扯了一把三七草药帮南瓜止血。

这边胡小龙早就逃到了山脚下，把灵灵幺绑在车后座。

灵灵幺拼命挣扎："坏人坏人，你是坏人大坏人。我要回家。"

胡小龙奸笑："小乖乖，小宝宝，听话不许动，动动要变虫。我可是好人，大大的好人，听我的话，我这就带你回家。"

灵灵幺疑惑地问："你不会骗我吧？你真的会带我回家？"

胡小龙骑上摩托车，朝前疾驶："没错，小宝贝儿，我这就带你回姥姥家去。"

灵灵幺说："姥姥是什么？你快放下我——"

精精儿和怪怪娃带着李杏儿和楝树儿赶到山脚，李杏儿只看到灵灵幺坐在摩托车上，没看到有人驾驶，车子像自动行驶在山路上。

李杏儿和楝树儿怎么也赶不上摩托车的速度。

花冠村的秘密

  精精儿和怪怪娃飞上前救灵灵幺。它们虽然有飞行和隐身的本事,可灵灵幺被牢牢绑在车子上,怎么也拉不动。它们怎么也想不到,人类最大的本事,是千方百计降伏其他生物,当然不会缺少降伏生物的手段。

  摩托车喷发的汽油废气把两个山妖熏倒。山妖世界无比干净,没有人类制造的污染,它们缺少对这种刺激气味的免疫力。摩托车带着灵灵幺疾驶而去,空气中留下一串古怪变态的狂笑和污浊不堪的气味。

  李杏儿看着无人驾驶的摩托车在山道上疾驶,扶起两个山妖,急得嗓音都发颤了:"我们根本追不上摩托车的。"

  两个山妖低下头,好像犯了很大很大的过错。

  精精儿说:"我们救不了灵灵幺,我们得去告诉妈妈,让妈妈救灵灵幺。"

  怪怪娃捏着鼻子,怪腔怪调地说:"那个人骑的野兽会喷毒气,可把我们熏坏了。"

  李杏儿想,灵灵幺被抓走是因为自己,自己一定要想办法把灵灵幺救出来。

  止血草药很灵,没一会儿南瓜就活蹦乱跳了,好像从

来没有受过伤一样。

李杏儿让楝树儿带着南瓜赶紧回花冠村:"楝树儿,我要跟山妖们去救灵灵幺,灵灵幺是因为我而被抓走的,我必须去救。"

楝树儿坚定地说:"我也要去,因为抓灵灵幺的坏人是我带来的,我必须去。"

李杏儿和楝树儿把目光投向南瓜。南瓜朝后退了几步,看出他们在打自己的主意。李杏儿摘了一片树叶,折了根树枝,在树叶上写:妈妈,我是杏儿,我的好朋友被坏人抓走——没写完,她又摘了一片树叶写:我要去救她。

她把两片树叶放在南瓜嘴上。南瓜乖乖地咬住,连张嘴说话发牢骚的机会都没了。李杏儿说:"南瓜你赶紧回家,把话带给妈妈。快去。"她拍了下狗屁股。南瓜夹着尾巴一溜烟蹿下山,它跑得比以前快多了。

南瓜回到花冠村直奔家。家门半掩,南瓜像闪电一样闪进屋子。

杏儿妈妈躺在床上,有气无力地哼哼。南瓜扑上床,咬着两片树叶哼哼叫。杏儿妈妈吓了一跳,一听声音很熟

悉，睁眼一看是南瓜。她抱住南瓜问杏儿呢。南瓜抓起两片树叶举到她面前。

杏儿妈妈拿着树叶，借窗外的光读到了上面的字，懵了："南瓜，杏儿还没回来吗？她有没有受伤？有没有发生意外？她为什么不回来，去救哪个朋友了？"

南瓜咬住两片树叶，用脑袋拱着杏儿妈妈，把她往屋外推。

杏儿妈妈说："南瓜你要我去哪里？你要找谁——哦，找九公公对不对？好好好，你慢点儿，我有点头晕。"

于是两人急急忙忙往九公公家走。人们看见南瓜回来了，纷纷打听李杏儿。杏儿妈妈哆哆嗦嗦地说杏儿去救人了。人们很奇怪，杏儿明明是被救的，怎么变成去救人了？她和南瓜消失了这么久，到底发生了什么稀奇古怪的事？

九公公拿着两片树叶，对着光线照过来照过去，看了很多遍，一言不发。

之前他醒来后，发现楝树儿不见了，那远道而来的异乡人胡小龙也不见了，只看到桌上残留的酒菜，明白自己中了八十多年前的招数，再一摸口袋，小红帽也不见了。

李吉儿和小山妖

　　九公公懊恼得直打嘴，骂自己太嘴馋，大智若愚了上百年，结果被一个异乡人给耍了。虽然他觉得这个异乡人的眼睛闪烁着不怀好意的光，可没想到他坏成这样。人看人，看了一百年还是看不透啊。

　　九公公对着树叶长叹："大难来了，花冠村的大难来了。"

　　两片树叶从九公公手里索索落下，混在满地落叶里了。

　　全村人心惊肉跳，从别人的脸上看到吓愣的样子。他们到底会遇到什么样的大难呢？

　　秋风起了，已不再是初秋的清凉，而是开始沁入骨头的那种冷了。秋天的脚步无声无息地迈入花冠村，它吹了吹树叶，树叶飘零了；吹了吹草地，草地泛黄了；吹了吹溪泉，溪泉的声响带着丝丝喷薄的寒气；吹了吹老人们的头发，头发开始发白了……

追踪生物贩子

二人二妖顺着灵灵幺留下的气息追踪而去。精精儿和怪怪娃本来可以背着两人飞,但是楝树儿死活不肯,他怕掉下来摔死。

两个山妖只好找了辆手推车,推着楝树儿和李杏儿跑。

精精儿用足了力气,脸涨得通红,额头的汗水下小雨似的直淌,可他一声不吭。怪怪娃就有点偷懒了,他用手指头摁着手推车,发出夸张的呼哧呼哧的喘气声,一路怨声载道:"哎哟哟,好累啊,累死我了,怎么比背五百斤石头还累啊。"

平时干活时,山妖们砍杂树、背石头、开溪流、种果树,唱着歌边玩边干,一点也不会觉得累。可现在怪怪娃

李杏儿和小山妖

喊累了,因为他不高兴做这事儿。

楝树儿从对山妖最初的害怕恐惧中渐渐平静下来。他们是杏儿姐姐的好朋友,那也就是他的好朋友,哪有朋友吃朋友的?看着两个山妖满头大汗地推着他跑的样子,楝树儿又感动又想哭。他不知道,走路对擅长飞行的山妖来说,确实是非常吃力的,走路要比飞行消耗更多的力气。

精精儿和怪怪娃一路嗅出夹杂着汽油味的山妖气息。闻到山妖气息对他们来说是与生俱来的本能,但汽油味严重干扰了他们的嗅觉,害他们呕吐起来。

两个山妖想不明白,人类为什么要制造这样难闻的气味?

精精儿把疑惑说给李杏儿听。李杏儿摇摇头说她不知道,楝树儿更是把脑袋摇成拨浪鼓,说他闻不到这气味。因为山风一吹,很快把汽油味吹散了,而山妖的嗅觉要比人类敏感太多。

二人二妖只好走一程,歇一程。山妖们随手摘些悬崖峭壁的野果给李杏儿和楝树儿充饥。楝树儿第一次看到山妖轻松地攀到悬崖,尾巴卷住悬崖上的松树,吓得尖叫起来。可他们像走在平地上,一伸手就能摘到野果。楝树

儿也是第一次吃到平时吃不到的野果,觉得比花冠村的好吃多了。山妖太有趣太好玩了,怪不得杏儿姐姐会跟他们成为好朋友。

灵灵么的气息在通往一条繁忙大路的路口消失了。路口车来车往、熙熙攘攘,各种掺杂在一起的难闻气味让两个山妖呼吸困难,憋得难受。他们急忙飞上天空,天上的空气会干净些。

他们看到城市的天空分成了两层,上一层是干净、透澈、明净的蓝色天空,下一层是灰色的雾,遮盖在城市上空。人们为什么喜欢生活在这种肮脏的环境里呢?难道他们不难受吗?两个山妖吸了一肚子新鲜的空气才缓过气,飞下来。

李杏儿和楝树儿发现路口有块路牌,上面写了几个地名,指向不同的方向。

李杏儿把地名念出来,楝树儿惊叫道:"海蜃城海蜃城,胡小龙说过,他住在海蜃城。"

海蜃城这么大,这胡小龙会去哪儿呢?二人二妖决定先进城再说。

李杏儿和小山妖

李杏儿以前跟爸爸进过几回城,城里的规矩要比他们懂一些,于是她毫无意外地成为这支营救队伍的小队长。

他们拦了一辆出租车。为免吓人,精精儿和怪怪娃戴上小红帽,飞在李杏儿和楝树儿身后。出租车司机见到两个穿着土里土气的乡下娃拦车,觉得奇怪,问他们上哪儿,找什么人。

李杏儿说:"我们找爸爸妈妈。我爸妈在城里打工。"她对自己的回答很满意,花冠村有好多爸妈在外面打工。每年像候鸟一样飞出去,留下鸟巢里的老鸟小鸟,年底时又像候鸟一样飞回来,带回鸟食喂养一家老老小小。

司机边开车边问:"你们爸妈在哪个工厂或公司?在什么路呢?"

李杏儿的舌头一下子打结了,这是她不知道的。楝树儿更是不知所措。

这名好心的司机宽容地笑了笑,他碰到的太多了,留守孩子溜出家找爸妈,却不知道爸妈工作的地方。碰到这种情况,他通常要么根据孩子们提供的蛛丝马迹,找到他们爸妈的工作单位,要么把他们送回老家。

精精儿拍了拍楝树儿的肩:"楝树儿,你快想想,快

想想。"

汽车里就他们三个，现在突然出现第四个声音，把司机吓得够呛。他从倒车镜往后看，车子里根本就没有第四个人。

他疑心自己出现了幻听，掏了掏耳朵问："刚才你们有没有谁说话？"

李杏儿咳嗽了声说："嗯嗯，是我，我在说话。"

司机疑惑地说："可我听起来怎么像男孩子的声音？"

李杏儿把嗓门变粗说："我前几天感冒了，嗓子有点变了。"

她小声问楝树儿，胡小龙有没有说过他在哪里工作。楝树儿终于想起来了，胡小龙说过他是一名生物学家，当然他更乐意把自己称为科学家。

李杏儿便认真地说："我们，我们去研究科学的地方。"

司机惊叫："什么什么？你再说一遍。"

李杏儿重复了一遍。司机停下车，扭过脖子，仔仔细细瞅车厢里有没有什么异样，再使劲嗅了嗅，没嗅出什么。

楝树儿说:"叔叔,你是不是饿了找吃的?"他用脏兮兮的手托起一把野果递给司机。

司机说不饿,再次打量两个不起眼的山里娃,难道他们爸妈是科学家?真是人不可貌相。司机想了想说:"海蜃城有三个科学研究所,第一、第二、第五科学研究所,你们要去哪个?"

李杏儿紧张而迅速地思索,说去第一科学研究所。每个地方找一遍,总能找到坏蛋胡小龙——"那为什么没有第三、第四研究所呢?"李杏儿把疑惑说了出来。

司机告诉她:"第三研究所在大山里,第四研究所在海边,你们来海蜃城,当然是找第一、第二或第五科学研究所了。爸妈没告诉过你们吗?"

李杏儿说:"对对对,爸妈说过,不过我记性差,忘记了。"

司机有着所有司机的通病,絮絮叨叨向他们介绍这个城市的一切,包括吃喝玩乐。他夸耀并抱怨这个充满汽车尾气和嘈杂声音的城市,说等他老了,一定要搬到有山有水的地方过清净的日子,这样起码能活到一百零八岁。

李杏儿说:"欢迎你来我们花冠村。我们花冠村可美

了,山很高很高,水很清很清,油茶花很香很甜。"

楝树儿说:"对对,我爷爷已经一百零八岁了。"

司机非常高兴,记下了花冠村这个名字,说等他退休后一定要搬到花冠村去。

李杏儿向司机打听胡小龙这个人。司机说这个城市至少有三百十八个叫胡小龙的人,他们普通得像树上的树叶,要找其中一片很难。当然也有办法,他们可以去派出所查询,提供证据向警察说明为什么找人。

两个山妖一声不吭地听着,不时张望汽车外的世界。车子开得太快,他们看不太真切。很显然,他们来到了一个恍恍惚惚、迷迷离离而不真实的陌生的人类世界。这个世界会如何对待他们?会像胡小龙那样可恶可恨,还是像李杏儿、楝树儿这样可亲可爱呢?

车子在一幢高楼大厦前停下。司机给了他们一张地图,地图上有他们可能要去的另外两家研究所,上面还标有派出所、游乐场、儿童公园、美食街等。这时李杏儿才记起,他们身上根本没带钱。李杏儿翻遍口袋,羞愧得满脸通红。

司机皱了皱眉头,叹了口气:"看样子我今天运气不

太好，碰到了你们这两个奇怪的小孩子，但愿你们能找到爸妈。"

精精儿塞给李杏儿一把琥珀，本来他是带在身上玩的。他并不知道钱是什么，能有什么用，不过看到李杏儿为难的样子，他想起妈妈说过人类很喜欢这种亮晶晶的东西，认为司机也许会喜欢。

李杏儿把三颗琥珀送给司机。

司机的眼睛果然一亮，他拿着琥珀对着阳光照，发现了琥珀里透亮的松针和小昆虫，他赞叹："多么美丽的琥珀啊，你们是从哪里弄来的？"

李杏儿想了想说："我们从松树林里捡来的，叔叔你喜欢就送给你。"

司机把两颗琥珀还给李杏儿，留下了一颗，笑着说："这样吧，等到我以后搬到了花冠村，你们用山里最好的猎物和野果招待我就行了。"

李杏儿和楝树儿跟他拉钩约定。司机快乐地吹着口哨开车走了。

两人对着远去的车影鞠躬。精精儿和怪怪娃现身了，问他们在做什么。

花冠村的秘密

李杏儿说:"人类世界里,弯腰鞠躬是一种对人特别尊重的行为,也就是说,司机叔叔是一个很好很好的人。"

精精儿说:"喔,原来有些人跟胡小龙是不一样的。"

怪怪娃说:"人类世界里,司机叔叔这样的人多,还是胡小龙这样的人多?"

李杏儿想了想,肯定地说:"一定是司机叔叔这样的人多。"

楝树儿跟着说:"杏儿姐姐和我也是很好很好的人。"

两个山妖也对着远去的车影鞠躬,他们学会了人类的第一个礼貌动作。因为太好玩了,他们像鸡啄米一样不停鞠躬,直到李杏儿拉他们走进大厦。

进了大厦大厅,他们呆住了。这简直就是水晶宫。

大厅的地面光光滑滑,亮得能映出人影。他们排成一队,拉着前面伙伴的后衣襟,小心地一步一步走,唯恐滑倒。头顶的水晶灯亮晃晃的,像夜空中的无数星星,可大白天亮那么多灯干什么呢?

大厦里人来人往,这些人衣着干净光鲜,头发一丝不乱,鞋子锃亮发光。他们的脚步匆忙,表情严肃,半点笑

花冠村的秘密

容也没有,看上去心事重重的,好像有什么急事正等着他们去做。李杏儿这支小队伍进来,模样多少有点奇怪,可人们只是淡淡地看了他们一眼,一点也没显得很好奇,好像他们只是大厅里多出来的几把椅子或几根柱子。甚至连长相奇怪的精精儿和怪怪娃,人们也没注意到。

李杏儿他们站在电梯前,旁边还有几个人,拎着包一言不发地站着。

李杏儿也没坐过电梯,但听爸爸说起过。

楝树儿小声地问:"这是什么,像个大盒子,我们要进去吗?"

李杏儿壮着胆说:"这叫电梯。人站在里面,一下子能从一楼跑到十几楼。"

精精儿和怪怪娃互相小声说:"那不跟我们飞行一样吗?人类也会飞了?"

楝树儿说:"太好了,那我们在山脚下装一个电梯,就不用辛苦爬山了。"

李杏儿觉得他胡说八道,可也有点道理。

两个山妖睁大眼睛,脑袋扭来扭去四处张望,这对他们来说太新鲜了。脚下像水面一样光亮的地面,头顶像星

星一样的灯,大厅里还种着高高的树,开着缤纷的花,人们把屋子弄得像山林,还有泉水一样好听的声音叮叮咚咚响着。

人类世界太美妙了,没有妈妈说的那样可怕。他们发出喔啊咦嗯的赞叹声。可人们像聋子,对他们的惊叹无动于衷,只是紧紧盯着电梯门,都没抬一下眼皮去欣赏大厅里这么美丽的东西。

叮!电梯门开了,出来一群同样衣着干净光鲜的年轻人,同样头发一丝不乱,鞋子锃亮发光,同样脚步匆忙,表情严肃。里面的人把李杏儿他们挤到边上,外面的人马上进去了。

李杏儿有点眼花缭乱,觉得是一堆同样的人进进出出。楝树儿小声问杏儿姐姐我们进去吗。李杏儿其实很慌张,不知怎么坐电梯。她拉着楝树儿朝电梯走去,电梯门却合上了。

两个山妖问他们该怎么上去。

李杏儿强自镇定地说:"再等一会儿,现在电梯很忙。就像路上人很多,我们得等别人过了才过。这是人类的规矩。"

花冠村的秘密

两个山妖和楝树儿连忙点头。

电梯的数字由大变小了。现在李杏儿知道了,电梯是从高楼跑到一楼了。

李杏儿让精精儿和怪怪娃先飞上楼,她和楝树儿坐电梯上楼。

电梯在十楼停下,门开了,李杏儿和楝树儿糊里糊涂地跟人出了电梯。

李杏儿担忧地说:"我们来找灵灵幺,这下可能连精精儿和怪怪娃也弄丢了。"

刚说完,精精儿和怪怪娃就飘落到了他们面前。

精精儿说:"我们在楼顶飞了一圈,这楼就像青蜂山那么高。"

怪怪娃说:"街上的汽车和人像蚂蚁一样小,看得我头晕,差点摔下去。"

楝树儿说:"你摔下去又摔不死的。"

怪怪娃嘻嘻笑,拉住他的手:"我带你去试试。"

楝树儿吓得尖叫,连忙跑到李杏儿身后。

李杏儿说:"别闹了,我们赶紧办正事。"

可这么大的地儿上哪儿找呢?他们正愁着,穿着制服

的保安过来了,手里提着一根棍子,板着脸说不许喧哗,问他们是什么人,找谁。

李杏儿镇静地说:"我们找,找第一科学研究所。"

楝树儿从她身后探出小脑袋,壮着胆子说:"我们找,找胡小龙。"

两个山妖也探出脑袋说:"还有灵灵幺。"

保安皱皱眉头,粗声粗气地说:"啥第一研究所,没有没有。啥胡小龙,啥灵灵幺,都没有。"

二人二妖如同被迎头泼了一桶冷水,从头冷到脚。怪怪娃坐倒在地,开始哭起来。精精儿让他别哭,刚说完嘴一咧也哭了。

两个山妖一哭,奇怪的事情出现了。墙壁、地面和天花板突然渗出水,滴滴答滴滴答。保安吓了一跳,缩着脖子说咋漏水了,赶紧往回走。走了几步又跑回来,擦着满头的水说:"十五楼有个啥研究所,去去去,小毛孩儿。"

李杏儿说不坐电梯了,带他们往十五楼跑。

精精儿和怪怪娃一停哭,漏水马上停了。保安看看天花板,再看看两个山妖,愣了一会儿抱着脑袋边跑边喊见鬼了。

花冠村的秘密

他们到了十五楼,李杏儿迎面就看见楼梯口贴了一排照片。李杏儿让楝树儿看仔细,有没有那个胡小龙。楝树儿从头到尾看了遍,又从尾到头也看了遍,都没发现那个胡小龙。

精精儿和怪怪娃飞向一间间办公室。楝树儿说门都关着他们怎么进去啊。刚说完就看见精精儿穿过墙壁消失了,接着怪怪娃也穿墙而过。楝树儿张嘴要大叫,李杏儿捂住他的嘴,说穿墙过屋这点小事难不倒山妖们。

两个山妖很快回来了,一脸沮丧的样子。

李杏儿连忙说:"别哭别哭,哭又找不回灵灵幺。我们去第二研究所吧。"

李杏儿和小山妖

两个山妖又鲜活过来,对啊,还有第二个地方呢。

李杏儿打开地图,找到第二科学研究所,在海蜃城的最西边。李杏儿发愁了,他们身上一分钱也没有,怎么坐车啊?总不能老赖账吧。

精精儿便背起李杏儿,怪怪娃背起楝树儿。

楝树儿死死抓着怪怪娃的后背,说:"你可千万别把我摔下来,一摔我就摔死了,我可不想死,我还要吃还要玩呢。"

两个山妖背着两人飞上天。李杏儿跟他们在山上玩惯了,趴在精精儿背上,抓着身边飘过的白云玩,像在摇篮里,晃晃悠悠挺舒服。楝树儿连眼睛也不敢睁,怪怪娃还时不时故意抖抖索索,吓得楝树儿喊也不敢喊,怕一喊惊着怪怪娃,手一抖把他从天上甩下去。

飞了一会儿,楝树儿才慢慢睁开眼。呀,白云像棉花糖一样从身边飘过。他抓了一片,又松又软又凉,像加了糖的雪花。他扯了片塞进嘴里,凉凉甜甜,还带点香味儿。楝树儿这下胆子大了,抓着白云,吧唧吧唧像吃糖一样。

怪怪娃问他在吃什么,楝树儿说:"白云,好好

吃喔。"

怪怪娃一听有好吃的,便腾出手抓白云。手一腾就松了,楝树儿就像片树叶一样往下掉,他的尖叫响彻天空。精精儿迅速飞下来,一脚将楝树儿踹上去。怪怪娃连忙抓住背上他。

楝树儿呜咽起来:"呜呜呜,我就说嘛,你千万别把我摔了。呜呜呜,我不要你背,我要精精儿背。"

怪怪娃哄他:"不会了,我再也不会摔你了,要是摔你,我就是小狗南瓜。"

李杏儿哧哧地笑:"南瓜可从来不会摔楝树儿。"

怪怪娃嘀咕:"我是第一回背人嘛,你们不能笑话我。"

二人二妖在海蜃城的天空飞过。那天,城市里的人们发现,天空出现了模糊的人形状云朵,好像两个小孩骑马奔驰在天空牧场。小孩们惊喜地蹦跳,向天空呼喊。天哪,太幸福了,天空竟然能够骑马,他们多想飞上天空,成为那两个幸运的小孩。

 ## 胡小龙拿小红帽干坏事

海蜃城的某个科学研究所的地下室，一间很暗冷的实验室里，胡小龙紧张地打着电话。灯光很暗，四周很静，只有胡小龙叽里咕噜的外国话的声音。

实验室角落的特制笼子里，面目憔悴的灵灵幺蹲在里面，憎恨而无奈地看着这个令她无比恐惧的人类世界。她在被抓的路上，因为害怕而不停地打喷嚏，现在连打喷嚏的力气也没有了。

从青蜂山被抓到这里，灵灵幺想尽了一切办法还是无法逃脱。身上被勒得紧紧的，就是看不出有什么绑着她，动都不能动。铁笼外有一条条细细的栅栏，不管她怎么上蹿下跳死拽硬踹，笼子像有弹性的气球，任她再怎么蹦跶都没用。灵灵幺大声嚎叫，可铁笼像是能吸音的，她的声

音被吸得无声无息，丝毫不剩。

她想破了山妖的脑袋也想不明白，这人为什么要抓她？难道是因为自己长得太漂亮吗？看来漂亮也不是好事。

灵灵幺伤心地哭，哭了两声忽然想起，山妖的哭声会引来洪水，那就大声哭吧，把这个抓她的坏人给淹了。灵灵幺挂着泪水笑了，又赶紧收起笑脸，张开嘴大声哭起来，啊啊啊，呜呜呜——

可要命的是，她的哭声就像她一次次的号叫嘶喊，还是半点也传不出去，她只是哭给自己听。

灵灵幺终于折腾累了，趴在笼底直喘气，喃喃地喊着精精儿、怪怪娃、李杏儿，巴望他们能来救她。

胡小龙不停地打电话。他打了十多个电话，都是打给国际珍稀生物偷猎集团的。这些见不得光的地下组织，专事偷猎世界上最珍稀的生物。如果生物是活的，他们贩卖给那些富得流油、没事玩玩珍稀生物的世界顶级富豪。如果是死的，他们就制作成标本，照样能卖出令人咋舌的好价钱。所以不管是死是活，这些见不得光的地下组织对珍稀生物都会两眼发光，磨刀霍霍。

胡小龙打过一通电话后,对能卖多少价格心里有数了。他故意卖关子,没有答应任何一家偷猎集团,只说考虑考虑,就搁下了电话。

他坐倒在旋转椅上,得意地转了几圈,对着天花板哈哈大笑:"我胡小龙发财的机会到了,我胡小龙终于能出人头地了,哈哈哈——"

他的狂笑传进铁笼,把灵灵幺的耳朵震得发疼。这个该死的铁笼,她的声音传不出去,胡小龙的声音却一滴不漏地传进来。灵灵幺捂着耳朵喊头疼。

铁笼笼顶忽然打开了,灵灵幺抬头一看,胡小龙狞笑着脸对她说:"小乖乖,小宝贝,在这儿待着的感觉怎么样,舒服吗?"

灵灵幺扳住铁栅栏喊:"快放我出去,我不喜欢这里,你说送我回家的。"

胡小龙说:"小乖乖,你得多待待,待多了就会喜欢的,到时候送你回姥姥家你都舍不得呢。"

灵灵幺说:"我要回青蜂山,我要回家,要妈妈。"

胡小龙说:"啧啧啧,你不是上千岁的山妖吗?怎么搞得像吃奶小孩儿似的。记住,你是山妖不是人,别学人

花冠村的秘密

撒娇,撒娇也没用,我不会心软的。"

灵灵幺气得说不出话。她看了看打开的笼顶,忽然张开嘴哭起来。哭声传到外面,瞬间屋顶、墙壁和天花板滴滴答答渗出水来,一会儿地面就湿了,渗水越来越急。

胡小龙起先愣着,不知这山妖中了什么邪,后来猛然记起山妖的哭声会引发洪水,后脑勺一凉,赶紧把笼顶关上。一关上,渗水就停止了。

胡小龙气咻咻地拍着笼子,恶狠狠地骂:"臭小山妖,差点给我闯大祸,给我老实点儿。要不然,哼哼,我把你做成标本,让你死得很难看很难看。"

灵灵幺不知道标本是什么,但听得出他要让她"很难看很难看",这可是她最害怕的。她宁愿死也不愿难看——可死是什么?比难看还难受吗?

胡小龙对笼子里的灵灵幺说:"臭小山妖,你在里面给我老实点儿,我回来给你弄点吃的,要不然屁都没有,反正你也饿不死。我呢,出去逛一圈,看看你们这山妖的破帽子有没有用。"他说着戴上小红帽,倏然消失了。

地下室又寂冷又阴暗,空气里飘着混浊的味儿。灵灵幺多么想念青蜂山亮朗朗的天空、白花花的云朵、从山顶

李杏儿和小山妖

淌下山脚的清亮亮的瀑布和溪泉,想念和李杏儿一起爬树登高唱歌的美好时光,她还能回到青蜂山,回到美好的往日吗?

戴上小红帽的胡小龙出现在海蜃城最大的商场。他看中商场电脑专柜的一台新电脑很久了,因为太贵而没买。这是他第一次试验小红帽的隐身能力。

商场里熙熙攘攘,人来人往,人们不停地掏钱,不停地把各种好吃、好看、好玩的东西带走,脸上挂着兴奋的表情。

胡小龙走到电脑专柜,营业员忙着跟顾客介绍最新款的电脑。胡小龙悄悄地从柜台里拿了一台最新、最昂贵的电脑,四五个营业员都没有发觉,胡小龙夹起电脑大摇大摆地走了。

但胡小龙忽略了非常重要的一点,他人是隐身了,可电脑并没有隐身。所以他走的时候,有几个眼尖的人发现一台电脑长了翅膀似的,悬浮半空前行。

人们简直不敢相信自己的眼睛,难道这是世界上最新款的悬浮型电脑吗?

花冠村的秘密

人们试着去摸了摸电脑,可电脑像被一个隐身人夹着,朝大门口走去。人们惊慌地叫喊,惊动了电脑专柜的营业员。他们跑出来,五个人围住长了翅膀的电脑。胡小龙见势不妙,他人虽然隐身了,可自身并不具备其他特异功能。五个人十只手合力抢夺悬浮的电脑,胡小龙再挣扎也没用,只得松手,泄愤地狠狠踹了他们一脚。

五个人挨了莫名其妙的传说中的无形脚,抢回了电脑,心有余悸,这是撞上哪门子邪了,电脑居然长翅膀飞了。

胡小龙第一次出征告败,他很恼火,抓下小红帽重重拍打几下,骂道:"什么破帽,一点用也没有。"摘下小红帽的他立刻现身了。

旁边的人只看见有人抓着一顶小红帽在骂街,觉得他神经兮兮的,就小心地绕开他走。胡小龙把小红帽扔进垃圾桶,气呼呼地转身就走,心里恶狠狠地想,回去马上把山妖制作成标本,谁让他们害得他白折腾。

走到门口,胡小龙忽地转念,刚才虽然没偷到电脑,可也证明了小红帽确实能隐身,只不过自己的手法还不够巧妙。他后悔地拍了拍脑袋,转身跑回去捡小红帽。

李杏儿和小山妖

商场的清洁大爷正在清理垃圾桶,拿着那顶小红帽,拍了拍上面的灰尘,嘴里唠叨:"这么好的小红帽扔了,多可惜,现在的人啊就会糟蹋东西,一点也不知道珍惜着点儿——"他说着就要往头上戴。

胡小龙冲上前夺过小红帽,把清洁大爷差点推倒。他皮笑肉不笑:"老头儿,这帽子是我的,你可不能拿人家东西啊。"他把帽子揣进口袋,扬长而去。

李杏儿一行来到海蜃城城西的第二科学研究所,还是一无所获。两个山妖沮丧极了。

精精儿说:"灵灵幺会不会被他杀掉了?"

怪怪娃说:"为什么要杀我们啊?"

楝树儿想到善良可爱的山妖被胡小龙害了,心疼得眨巴眼睛哭起来。他一哭,两个山妖也跟着张嘴哭了。

他们刚一哭,天上

花冠村的秘密

就下起雨来,树叶哗哗晃着,小草瑟瑟抖着。李杏儿连忙用两手捂住两个山妖的嘴,事情还没解决,他们乱哭,这不是添乱嘛。

李杏儿说:"城南还有第五科学研究所,我们再去找找。我有预感,灵灵幺一定会在那儿。"

精精儿说:"预感是什么?"

怪怪娃说:"预感能吃还是能玩?"

李杏儿叹了口气:"预感不能吃也不能玩,就是你们如果从青蜂山来找我玩,我在花冠村就知道你们会来。"

两个山妖又惊又喜,楝树儿又蹦又跳:"杏儿姐姐,你变神仙了,你一定是变神仙了。灵灵幺有没有受伤?"

精精儿说:"那她身上会掉一块肉吗?"

李杏儿说:"你们山妖掉一块肉也没事,很快会长出来的。不过她没事,一根头发也不会掉,你们放心好了。"

两个山妖背上李杏儿和楝树儿,再一次飞上天空。这个城市里喜欢仰望天空做梦的孩子们,再一次看到两个孩子骑马在天空放牧的美妙云朵,又欢呼起来,吵着要爸爸妈妈带他们飞上天空,骑马追云朵。

可这些大人瞪大眼珠,怎么也看不出天上有美妙的云

朵和骑马的孩子。他们大声责备孩子胡思乱想。有个大人摸了摸孩子的额头,惊慌失措地说他发烧了,不管孩子怎么挣扎、解释、哭闹,他硬是抱起孩子往医院跑。

胡小龙出现在海蜃城最大的银行。这是他经过仔细考虑后做出的决定,偷再名贵的电脑也不如偷钱来得刺激。

这次他吸取了上次商场的教训,化装成去银行取钱的客户。他穿上黑色风衣,戴上黑色礼帽和墨镜,一手提了根拐杖,一手夹了个公文包,整个人看上去像一个神神秘秘的百万富翁。

到了银行门口,他摘下礼帽,戴上小红帽,瞬间消失了。

隐身人胡小龙出现在银行柜台里,银行柜员正忙着数钱,点钞机唰唰唰风卷残云般吞着大沓钞票。柜员们以令人眼花缭乱的速度将钞票扎好,放在柜子上。一沓沓钞票堆得像小山。胡小龙不动声色地拿了一沓钞票,装进公文包。柜员们全神贯注,无暇旁观。胡小龙拿了一沓又一沓,公文包装得鼓鼓囊囊的,柜员们还是没发现。

胡小龙轻轻嘘了口气,把公文包塞进风衣,大摇大摆

花冠村的秘密

出去了。银行大厅里人来人往，还是没人发现。胡小龙强忍住大笑。到了银行门口，他摘下小红帽，又变成了夹着公文包的神秘的百万富翁。

胡小龙走到偏僻的巷弄，迫不及待打开公文包，粗粗点了下，足足有十万块。他抱着钱嘎嘎大笑："我有钱了，我胡小龙变成有钱人了，哈哈哈——"

胡小龙戴上小红帽，一连几天肆无忌惮地盗窃银行、超市、珠宝店……整个海蜃城人心惶惶，传说出现了一个江洋大盗，要把海蜃城的财富都偷光。全城加强了防卫，但还是挡不住三天两头有人跑到警察局报失窃案。

人们纷纷给家里装上防盗门窗，见面第一句话，不是像以前一样问吃过饭了没有，而是忧心忡忡地问对方家里有没有被偷。不过胡小龙懒得偷这些人家，这太小儿科了。

胡小龙得意洋洋，几乎都忘了关在铁笼里的灵灵幺。有这顶小红帽，还要那个山妖做啥呢？这事弄得好还成，弄不好毁了生物学家的名声，多不划算。再说他还没找到最高的卖价，不急于出手。

可得意往往会忘形，走路后跟不着地的人会摔跤。

这天胡小龙忘了戴小红帽,走进一家珠宝店,东张西望一阵子,发现玻璃柜台里有一条很漂亮的钻石项链,闪烁着亮瞎眼的迷人光泽。营业员正从柜台里拿出项链向顾客殷勤地介绍。

胡小龙盯了一会儿,贪馋地咽了咽口水,像以往那样习惯性地把手伸进柜台。

这一举动把营业员和顾客吓愣了。听说过打劫珠宝店的,没见过这么光天化日明抢的,这人简直把自己当空气,或者把别人当空气。清醒过来的营业员大喊大叫,珠宝店保安迅速围上来把他抓住。

人们怀疑他就是那个传说中的江洋大盗,雨点般的拳头落下来。

胡小龙捧着脑袋趴在地上,哎哟哟直叫唤,他怎么把最最要紧的小红帽给忘了呢?他一个劲儿求饶:"对不起对不起,误会误会,这绝对是误会,天大的误会,我,我有老年痴呆症,我不知道刚才干了啥事儿,一点也记不起来了。"

人们更加愤怒了,他简直把别人当傻子了。

"你看上去就三十多岁的样子,怎么可能老年痴呆?"

花冠村的秘密

"撒谎,一定是撒谎。"

"骗子,一定是骗子。"

"大盗,一定是那个江洋大盗。"

"把他抓到派出所。"

在派出所里,胡小龙明显壮了气势。他捋了捋被人们揪乱的衣服,理了理头发,揉着被揍痛的伤处,用睥视的眼神扫了圈把他揪来的人们,愤愤然道:"知道我是谁吗?啊,你们就是用拳头和咒骂对待一名科学家的吗?"

科学家?人们纷纷议论,这个江洋大盗怎么突然变成科学家了?

胡小龙捂着被揍痛的胸口,痛心疾首道:"实话告诉大家,我是一名生物学家,长年沉迷于科学研究,吃饭也研究,走路也研究,睡觉也研究。刚才我经过珠宝店,看见那些钻石项链太像古生物骨骼了,就情不自禁地想拿来看看,研究研究。可没想到,你们竟然把我当成——"

他说着说着,声音有点哽咽了,像受到了很大伤害的样子。

人们有点惭愧自责了,原来他们集体误会了一名值得尊敬的科学家。科学家把墨水当酱蘸,走路撞上电线杆子，不认识回家的路……他们听说过很多这样的先例。可以说，科学家确实可能是学问中的超人、生活中的低能儿。

胡小龙激动地掏出大把钱："你们看，看看，我有钱，有很多很多钱，我怎么可能做偷东西这种令人羞耻的事情呢？还说我是江洋大盗，这太侮辱人格了。我以科学的名义保证，我是清清白白的。"

警察们互相看看，觉得他说得理直气壮的。其中一名警察认出了他，确实是报上登过的生物学家，他还找出报纸跟胡小龙比对，结果还真是他。人们连连向令人尊敬的生物学家道歉，对他这种废寝忘食的科学研究精神表示敬佩，并希望他以后不要再有这种太过投入和痴迷的行为了。

胡小龙从派出所出来，为自己的机智应变而庆幸，更是心有余悸恨恨地拍打小红帽，它害自己吃了两回苦，丢了两回脸，看来还真得小心着点儿。这时他又想起了灵灵么，又觉得还是在她身上动动脑筋好。

胡小龙买了两个发酸的面包，不管怎么样，活山妖总比死山妖值钱，他好不容易从山上弄来，臭小山妖可不能死了。他骑上摩托车，赶往位于城南的第五科学研究所。

 **搬救兵**

第五科学研究所在海蜃城城南的一幢陈旧大楼里。周围都是被拆掉的断壁残垣,断壁残垣间开出了零零星星的小花。大楼孤零零地立在废墟中间,看上去又庞大又孤独又可怕,就像被人遗忘了几百年。

李杏儿和楝树儿带着精精儿和怪怪娃找遍了整幢大楼,也没找到灵灵幺。大楼的走廊又长又深又暗,空寂无人。李杏儿和楝树儿有点害怕,精精儿和怪怪娃就护着他们往前走。

李杏儿轻轻叫了声灵灵幺,走廊尽头立刻回答她"灵灵幺"。楝树儿和两个山妖跟着喊,走廊尽头回答他们"灵灵幺,灵灵幺,灵灵幺——",声音像被撕成了无数碎片的花瓣,纷纷飘落。

李杏儿和小山妖

精精儿和怪怪娃纳闷了。大山的回音,是山妖们想了一千多年也没想通的一个问题。他们问过妈妈,为什么大山会学他们说话唱歌。妈妈笑笑说,大山喜欢你们,把一个小孩儿藏在山谷跟你们做伴,等你们再长大些,就能找到他。现在大楼也用回音回答他们,难道也有一个小孩儿躲在里面吗?可这幢大楼看起来阴沉沉的,对他们一点也不友好。

就在他们绝望的时候,楝树儿忽然听见突突突的摩托车声,顺着声音看去,一个人影朝大楼驶过来,他瞪大眼仔细看了会儿,惊叫胡小龙来了。

李杏儿连忙拉楝树儿躲到边上。两个山妖飘上半空。

胡小龙骑着摩托车驶进大楼停车场,停好车,摇摇晃晃走进大楼,一边走一边朝四处鬼头鬼脑地张望。

李杏儿暗骂:"一看就不是个好人。"

精精儿说:"好人坏人能看出来吗?"

怪怪娃说:"杏儿你教教我们,什么是好人?什么是坏人?"

李杏儿一时说不清楚,是啊,好人坏人又没在额头上刻字。

花冠村的秘密

楝树儿信心十足地说:"我和杏儿姐姐是好人,那个胡小龙是坏人。"

两个山妖似懂非懂地点点头。人类世界太复杂了,还是山妖世界好,又简单又干净,没有好妖坏妖之分,谁也不会去伤害谁,友好得就像同一个人。

想到灵灵么不知被关在哪个地方受苦,或者是不是死掉了消失了,两个山妖难受得眼泪汪汪。

李杏儿提醒他们现在不是哭的时候。两个山妖背起他们,轻悠悠地飘上半空,跟上胡小龙。

胡小龙走向地下室。原来灵灵么被关在那里,怪不得他们一直找不到。

二人二妖跟着胡小龙,穿过暗兮兮的地下通道,走向越来越暗的地下室。胡小龙用手电照着地面,鬼鬼祟祟摸索向前。两个山妖背着李杏儿和楝树儿飘在半空,跟在后面。

胡小龙走到一间屋子前,掏出钥匙开门,接着又打开了两扇门,这间屋子居然有三扇门。他很谨慎,一进门就关上。二人二妖迅速跟进。胡小龙走进最里面的一间屋。铁笼里的灵灵么趴在地上一动不动,身上散发着酸臭的

李杏儿和小山妖

气味。

胡小龙打开电灯，屋子里顿时雪亮雪亮的，亮得让人头晕。他踢了踢铁笼，把酸臭面包扔进去："臭小山妖，快起来吃面包。"

李杏儿和两个山妖见到灵灵幺这模样，悲伤不已。可怜的灵灵幺，这么爱漂亮的灵灵幺，从来没有吃过苦的灵灵幺，居然被折磨得人不像人妖不像妖了，这个胡小龙太可恶了。

精精儿和怪怪娃冲向铁笼，李杏儿欲阻止，但来不及了，两个山妖迫不及待要拯救他们相亲相爱的小妹妹。

两个山妖一把推开胡小龙，露出尖利的牙齿。他们的牙齿平时轻易不露出来，一露出来连李杏儿和棟树儿也吓坏了，像一把长长的刀，在雪亮的灯光下泛出亮闪闪的光。山妖的牙齿咬过坚硬的树木、粗壮的老藤，经过千年磨砺，几乎可以咬断人类的任何部位。两个山妖用长刀般的牙齿拼命啃噬铁笼。

胡小龙猝不及防被推倒在地，等他看清是两个山妖，吓得抽出小红帽套上脑袋，一下子隐身了。

两个山妖顾不得追他，只管救灵灵幺。李杏儿和棟树

花冠村的秘密

儿干着急,他们什么力也使不上,只能一边一个替他们喊加油。

胡小龙隐身在角落,他一点也不担心。这个特制铁笼用世界上最尖端的材料制成,专门用于捕获装载珍稀动物。果然,不管两个山妖怎么啃噬,连一点口子也没有。李杏儿和棟树儿又是踢又是踹,铁笼还是纹丝不动。

铁笼里的灵灵幺在他们的折腾下,慢慢醒过来。她抬头虚弱地看他们,嘴角露出一丝笑意,轻轻喊:"精精儿、怪怪娃、杏儿,救救我。"

精精儿哽咽地说:"灵灵幺,我们一定会把你救出去。"

怪怪娃说:"灵灵幺,你放心,再也不会有人害你了。"

三个山妖隔着栅栏拉着手,目光凄楚地看着对方。他们看得到她,却救不了她,这是多么难过的事啊。李杏儿看着他们绝望悲伤的样子,心疼得哭了。这一切都是自己带来的。如果不是她遇到山妖,胡小龙就不会找来,灵灵幺就不会被抓走,就不会吃这样的苦。

李杏儿越想越难过,越想越悲伤,禁不住伤心地哭起来。她一哭，楝树儿也哭。楝树儿一哭，三个山妖也哭起来。

灵灵幺的哭没用，精精儿和怪怪娃一哭，墙壁、屋顶和地板渗出水，滴滴答，滴滴答。

李杏儿连忙阻止三个山妖不要哭，他们在地下室，万一引发洪水就糟了，不但救不出灵灵幺，连自己也麻烦了。精精儿和怪怪娃忍住泪水，合力搬铁笼。二人二妖用尽吃奶的力气，铁笼动都没有动。

胡小龙在角落狞笑，心里说搬吧搬吧，最好把你们都累死，这个铁笼是世界上最最先进的，你们白费劲了。

灵灵幺在笼子里虚弱地说："快快，你们快去找妈妈，让妈妈来救我。"

这话提醒了悲伤的精精儿和怪怪娃，是啊，他们现在唯一的救星就是山妖妈妈了。二人二妖商量后决定精精儿和怪怪娃赶回山林搬救兵，李杏儿和楝树儿留下来守护灵灵幺。

两个山妖吻了吻灵灵幺的手，倏地飞出地下室。李杏儿和楝树儿守在铁笼边，轻声细语安慰灵灵幺。李杏儿摸到一把野果，喂给灵灵幺吃。

花冠村的秘密

可灵灵幺连咀嚼的力气都没了，她虚弱得简直不像山妖了。李杏儿掰碎野果，隔着栅栏喂她。吃下几颗野果后的灵灵幺，苍白的脸慢慢有了一点红晕，声音也响了一点："杏儿，人类为什么要这么待我们呢？我们做错了什么吗？"

李杏儿恨不得打个地洞钻下去，她为身为人类而无比惭愧自责。灵灵幺不但不骂伤害她的人类，反而问自己有没有做错。人类如果有山妖一半的心，灵灵幺还会被伤害成这样吗？

李杏儿哽咽地说："灵灵幺，是我害了你，我向你道歉。"

灵灵幺从栅栏里伸出凉凉的手，摸摸李杏儿的头，轻声说："我们是最好最好的好朋友，好朋友不要说这样的话。等我出来，我们去青蜂山玩，这回你要多住几天好不好？"

李杏儿抱着灵灵幺的手哭得更伤心了，泪水弄湿了灵灵幺的手。

突然李杏儿被拉着重重摔倒，接着楝树儿也被扔到角落。两人一看，胡小龙现身了。

李杏儿和小山妖

　　胡小龙刚刚找纳米绳子去了，送上门的山妖不抓不是傻吗？没想到等他找到绳子回来，那两个山妖逃走了，他气得直跺脚。

　　胡小龙拍打手里的小红帽，走到李杏儿面前，摸摸她的头："哟，这就是李杏儿吧。谢谢你，让我找到山妖，你可真是我的小财神啊。哈哈哈。"

　　李杏儿愤怒地冲他喊："坏蛋，把灵灵幺放出来。"

　　胡小龙又转向楝树儿，摸摸他的头："小树儿，小可爱，也谢谢你，帮我发了大财，你也是我的小财神。不过你傻乎乎的，下回可别这么傻了。哈哈哈。"

　　楝树儿很愤怒："坏蛋，你骗了我，快把灵灵幺放出来。"

　　胡小龙抱着胳膊说："哟哟哟，小孩子怎么能这么对大人说话？这样太没有礼貌了。没有礼貌的小孩子，我可不喜欢，你们走吧。"

　　李杏儿和楝树儿死死拉着铁栅栏不放手。楝树儿浑身哆嗦。李杏儿轻声安慰他勇敢些。换作以前，李杏儿也会害怕哆嗦，可现在，她不怕了，友谊让她鼓足了勇气，她一定要救出灵灵幺，要是自己都害怕的话，灵灵幺可怎么

169

办呀。灵灵幺让他们快走，不用管她。

胡小龙沉下脸，一扬手给了他们一人一巴掌，把李杏儿和楝树儿打倒在地，然后提小鸡似的，一手一个提起他们，走出地下室。楝树儿拼命挣扎，哭啊喊啊，还是挣不脱胡小龙铁钳般的手，李杏儿想去咬胡小龙的手，可胡小龙狡猾得很，根本没让她有机可乘。

胡小龙把他们拎到大楼外，扔石子似的把他们重重扔向空地。李杏儿和楝树儿像两只小青蛙似的趴在地上，疼得起不来。

胡小龙说："两个臭小毛孩给我听着，赶紧离开这儿，从哪儿来滚哪儿去，滚得越远越好。下回再让我看见你们，我会踩蚂蚁似的踩死你们。"

胡小龙比画了一下动作，恶狠狠地瞪了他们一眼，转身走进大楼。

李杏儿忍着疼痛起身，扶起楝树儿。胡小龙牢牢关上了铁门，消失在大楼里，就像一只甲虫钻进阴暗的洞穴。

李杏儿和楝树儿奔上前，拼命捶打铁门，可铁门一动也不动。他们的嗓子也喊哑了，力气也用完了，软软地坐倒在地上。

楝树儿问:"杏儿姐姐,我们现在怎么办?"

李杏儿说:"我们只有等精精儿和怪怪娃带山妖妈妈来了。"

楝树儿说:"杏儿姐姐,我饿了。"

李杏儿看了看天,天色越来越暗,四周废墟的影子看起来像一个个怪物蹲在旁边,伺机要把他们一口吞下去。废墟还发出嘘嘘呼呼咝咝的怪响,好像一个怪人躲在后面冲他们吹口哨。楝树儿禁不住害怕地朝李杏儿贴近。李杏儿再看看远处,有几盏闪烁的灯,那边或许有人吧。

李杏儿握紧楝树儿凉凉的手说:"不用怕,我们走吧。"

花冠村的秘密

两个小小的身影手拉手,走在荒无人烟的郊外,夕阳把他们的影子拉得很长很长。为了壮胆,李杏儿唱起了山歌:高高的山,长长的河,弯弯的路,高高山上有我们亲爱的花冠村……

楝树儿也跟着唱:清清的水,绿绿的树,白白的云,云朵下面有我们美丽的花冠村……

唱着唱着,他们觉得回到了美丽的群山,那些怪物似的影子变成了大山的影子,废墟里发出的怪响变成山林吹过的风声,风吹来的难闻的城市气味,变得像花冠村的空气那样清新宜人……

此刻在青蜂山,山妖妈妈抱住伤心哭泣的精精儿和怪怪娃,长长叹了口气,一句责怪的话也没有。孩子们够难过了,妈妈还怎么忍心责怪呢?

山妖兄弟姐妹们听说灵灵幺在吃这样的苦,也都伤心地痛哭。在山妖们的哭声里,山上下起倾盆大雨。山峰、山坡、山林、瀑布、溪流……整座青蜂山笼罩在茫茫雨雾中。山林里的湖泊很快积满了,不断流向山下。

山妖妈妈等他们哭得差不多了,柔声说:"孩子们,

别哭了。一个个都给我把泪水擦干,我们出发,去救灵灵幺。"

山妖妈妈的声音很柔,行动却非常迅捷果断。青蜂山除了留下年老和年幼的山妖,所有的山妖都跟妈妈出发,去营救灵灵幺。

那天他们飞经花冠村。九公公正好从长长的睡眠中醒来,抬头看见天空一片黑压压,遮住了太阳,遮住了山林,遮住了山林的油茶树。花冠村的白天,从来没有这样暗乎乎,好像变成了一个诡异的白夜。

九公公叹了口气说:"花冠村的大难真的要来了。"

人们惊恐万状:"九公公,快告诉我们,到底是什么样的灾难,我们要怎么做,才能抵挡灾难的来临?"

九公公摇摇头:"什么都没用,灾难是人类带来的,人类只有付出沉重的代价才能换回。"

有几个胆小的村民哭起来,他们说才活了六七十岁,太年轻了,没活够,求九公公想想办法。

二秃子直愣愣地说:"九公公,李杏儿和楝树儿被山妖抓走了,他们怎么样了?"

九公公抬头看了看苍茫的远山,仿佛要用那双昏花的

花冠村的秘密

老眼看到山那头的模样,然后他喃喃地说:"树一年年长高,草一年年枯黄,人一代代老去,只有一样东西不会老,只会越来越年轻,知道是什么吗?"

人们觉得九公公在说莫名其妙的梦话,可他明明没有睡着啊,他就一点也不担心楝树儿吗?

九公公又说:"大山不会老。大山越茂盛就越年轻。"停了停他又说,"楝树儿不会有事,他是爱大山的孩子,爱大山的孩子运气不会太差。"

九公公说完又睡着了。他一点也没担心楝树儿的失踪,好像楝树儿只是去村外玩耍,过会儿就能回来。大家看着鼾声如雷的九公公,急得不知如何是好。

两天后的清晨,花冠村的村民打开大门时,忽然发现村子里落叶漫天飞舞,所有的树木落光了叶子,地上的草枯黄委顿,抬头看远山,山色苍黄,好像一夜进入深秋。人们惊骇不已,连忙去找九公公。

可奇怪的是,这回九公公鼾声都没有,睡得死沉死沉的。人们以为他死了,赶紧听了听呼吸,还好,呼吸平稳得很。人们又找十二公公,十二公公算了算日期,明明还没到深秋季节,怎么天变成这样了?

李杏儿妈妈的惊叫声吓了村民们一跳，村民们赶紧往山上跑。一路跑去，山上的树木枯萎，树叶凋零，惨兮兮地垂着枯死的枝条。人们赶到油茶林，一看惊呆了，原本结下累累油茶果的油茶树全都掉果了。几只乌鸦从油茶林上空飞走，发出怪异凄厉的尖叫。

人们纷纷跪倒在地。油茶林是花冠村人们的全部希望，油茶林死了，他们的希望也破灭了。这到底是怎么回事？是谁造下这天大的罪孽，是谁让花冠村和大山遭受如此灭顶之灾？

十二公公这时想起九公公说过的那些话，山妖是大山的保护神，山妖被抓，人类的灾难也就来了。难道这一切都应验了吗？

十二公公仰脸张臂望天，伸出苍老的手掌，发出苍老悲凉的呐喊："老天啊，花冠村人没做错什么，为什么要遭受这样的灾难？老天，你为什么不去惩罚那些作恶的人？救救花冠村，救救大山啊——"

人们也跟着哭喊。可不管他们怎么呐喊求救，灾难像潮水一样一波波袭来。山川树木凋零、土地皲裂、溪瀑断流……整个花冠村和群山一片愁云惨雾。

变异的城市

大山和花冠村草木枯萎的时候,海蜃城却是另一番景象。

海蜃城突然不停地下起雨来,整座城市浸在铺天盖地的雨水里。雨具成了最昂贵的物品,人们被无休无止的雨水折磨得耳朵都快长蘑菇了,见面第一句问话从"你家被偷了没有",变成了"雨什么时候停"。

后来雨渐渐停止,人们收起雨具,还没来得及松一口气,突然发现,原本只有一些景观树木的海蜃城突然间到处疯长树木。

海蜃城的人们很高兴,绿色植物是最时尚、最受欢迎的。人们从山上挖来千百年生长的树木,让它们生长在汽车尾气扑鼻的街头,呼吸各种烟尘废气。这里的小花盆里

栽种着各种奇形怪状的草本植物、藤本植物，人们会热情地邀请亲朋好友来欣赏，他们把这称之为"回归自然""陶冶身心"。有时他们还会偷偷地把公园里的花草搬回家。

当大批植物莫名其妙地在城市的街头巷尾、房前屋后生长出来时，他们高兴坏了，奔走相告，说这是呵护大自然的回报，绿色生态时代到来了。

植物越长越密，连电线杆、水泥地、铁器、屋顶、下水道这些最恶劣、最不适宜植物生长的环境中也长出来了。它们像一群长脚的怪物，从城市的边缘一点点蔓延到城市中心，大口大口吞噬所有能生长的地方，不断侵占人们的生存空间。

海蜃城的人们开始传播这样的信息，城里来了一个绿色妖怪，要侵占海蜃城，占城为王。人们聚集在海蜃城最大的商场大厅，绘声绘色地描绘绿妖的模样。它的脑袋像庞大的蘑菇云，眼珠子像大鼓，嘴巴像轮船，一口能吞下五千人——

突然商场大厅发出巨大的裂响，光滑的地面裂开一个大洞，一群人掉进了大洞。其余的人惊恐万状、抱头鼠窜。胆大的几个躲在角落，看到一株树苗从地上生长出

花冠村的秘密

来,摇摇晃晃,散枝开叶,越长越高,越长越密。落在树枝上的人们像果实一样纷纷从树上掉下来。眨眼之间,小树苗长成了大树,迅速捅破商场楼顶,再继续往上生长。

人们连滚带爬逃出商场,在马路的树木间奔跑——事实上,马路差不多成为森林了。人们惊魂未定地回头一看,海蜃城最大的商场瞬间被疯长的树木侵占了。远远看去,整个商场像一座庞大的绿色城堡。

天哪,到底发生了什么怪事,他们怎么会遭遇到这样的生态灾难?

人们哭喊:"我们再也不要回归自然了,再也不要这样的绿色生态了。"

"还给我们原来的生活吧。"

"让植物归植物的世界,让人类归人类的世界。"

疯长的植物可没理他们,见缝插针继续疯长。人们高一脚低一脚地走在树林里,地面长出了厚厚的苔藓。整个海蜃城,越来越像庞大神秘的原始森林。

李杏儿和楝树儿正从海蜃城外向城里走来。他们一路忍饥挨饿,讨到了一点点吃的,才没有饿昏过去。楝树儿

花冠村的秘密

还掉进河里了,是李杏儿把他救上来的。他们在干草堆里睡了一晚,醒来才朝城里赶来。

李杏儿想报警,这是爸爸教她的,爸爸说过警察是抓坏人帮好人的,那位载他们的司机也提醒过这一点。她很后悔一开始没这么做。不然胡小龙早就被抓住了,灵灵幺也早就救出来了。

两人走着走着,停下了脚步,他们惊讶地发现,面前是一座无边无际的森林。海蜃城在哪里?海蜃城不翼而飞了吗?

楝树儿说:"杏儿姐姐,我们走错方向了,这不是海蜃城。"

李杏儿四处张望,发现路口有一块路牌,她跑上去一看,路牌的箭头分明指向那座森林——海蜃城。

怎么回事?海蜃城怎么突然变成森林了?

他们茫然四顾,一群鸟儿从森林里飞出来,惊慌失措地飞向远空。接着,一群衣着光鲜而狼狈不堪的人从森林里逃出来,手里拖着、抱着哭喊的孩子。

李杏儿一眼就认出了当初一起坐过电梯的几张熟悉面孔。海蜃城发生什么灾难了?李杏儿急忙迎上去问。

李杏儿和小山妖

其中一个人不断地扶着掉下来的眼镜,结结巴巴地说:"海蜃城出妖怪了,海蜃城变成森林了。天哪,世界末日来临了。"

人们哀嚎着"世界末日",疯狂地冲出城市,纷纷逃向暂时还没被植物侵占吞噬的地方。

李杏儿和楝树儿差点被人群踩倒,他们躲到角落。等到这一波潮水似的人离开,才惊魂不定地朝海蜃城的方向看去,森林在蔓延过来。

楝树儿拉着李杏儿朝城外拼命跑,跑了一段才停下来。他喘着气问这到底怎么回事。李杏儿嘟囔着怎么回事,忽然大叫一声。

她想起,山妖们说过:有山妖的地方,就会成为森林,生机盎然,物产丰富,空气清新。山妖一旦消失,山林也就荒芜了。

那么这就是说,精精儿和怪怪娃带着山妖们来到了海蜃城,他们的眼泪唤来了雨水,雨水形成了森林,森林侵占了城市。因为山妖的到来,这座繁华的城市很快会被森林覆盖;而与此同时,花冠村也会因为失去山妖而草木枯萎,生机萧瑟,成为荒村。

花冠村的秘密

李杏儿把这个可怕的状况告诉了楝树儿。

楝树儿瞪大眼睛害怕地说:"那那那,我就变成真的楝树了?"

李杏儿说:"不行,我不能变成杏树,不能让花冠村变成荒村,也不能让城市变成森林。我们要马上找到精精儿和怪怪娃,让他们停止这场灾难。"

楝树儿说:"可是,胡小龙不交出灵灵幺,山妖们不会听我们的。"

李杏儿说:"坏人只有一个胡小龙,不能让整个城市被胡小龙害了啊。"

楝树儿说:"海蜃城变成森林了,我们找不到精精儿和怪怪娃,也找不到灵灵幺。我们该怎么办呢?"

是啊,他们只是两个小孩,李杏儿也只是一个稍微有点本事的小女孩,怎么能拯救这一场庞大可怕的生态灾难?又怎么把坏人从森林里找出来,把灵灵幺救出来呢?

海蜃城的植物依然疯长,努力覆盖城市的每一寸空间。

植物们不断长出长长的根须,这些根须像爪子,牢牢

捕住还没来得及逃离海蜃城的人们,就像当初人类捕捉动物一样,人们被树根和藤蔓紧紧缠住,动弹不得,大声哭嚎。行驶的汽车也变成车形植物,卧在马路上。

没过多久,新的枝叶从人们身上生长出来,人们保持着奇怪的姿势,有的跑着,有的蹲着,有的坐着,有的躺着,每个人牢牢长在地上,变成了一株株人形植物,只剩下眼珠子骨碌碌地转动。人们可怜巴巴地看着同样变成人形植物的同类,发不出任何声音。

进入海蜃城的山妖们飞舞在森林里,到处寻找灵灵幺。城市被植物覆盖了,他们凭借的是山妖的特殊气息。可绝望的是,他们嗅不到任何一丝灵灵幺的气息,好像她已经从这个世界上消失了。山妖们更加愤怒,于是植物更加疯狂地生长。

与此同时,在遥远的花冠村和大山,树木越来越枯萎,大片大片的枯黄覆盖了山林。人们只能苟延残喘地生活。九公公像进入冬眠的动物,酣睡沉沉,不管人们怎么敲锣打鼓也不醒。

十二公公望着苍黄的远山和天空,悲伤地说:"山妖消失了,花冠村也要消失了。一百年后人们路过这里,知

花冠村的秘密

道我们是怎么死的吗?快来人,拿笔记下来。"

没有人回答他。

十二公公又喊:"快来人,我们求山妖回来。跟我喊:山妖回来吧,山妖回来吧,山妖回来吧……"

还是没有人回答他。

村民们都睡在自己家,因为他们只有不动,才会减少身体的消耗,这样才能活久一点,等山妖们回来,这样他们还有可能活下去。

李杏儿妈妈是最悲伤的人,她自责得几乎要跳下山崖。她认为是杏儿把山妖带来的,也就带来了所有的灾难。可她也没有一点力气,只能躺在床上,听着风吹来十二公公的声音,虚弱地喊:"杏儿回来吧,山妖回来吧——"

李杏儿和楝树儿艰难地走在密林里。很奇怪,当疯长的植物触碰到他们时,马上像被烫着似的,缩回了根须。

后来李杏儿才知道,山妖妈妈带着山妖们来救灵灵幺时,精精儿和怪怪娃恳求妈妈,不要让植物缠住他们最好的朋友李杏儿和楝树儿。山妖妈妈答应了。

在森林覆盖的城市里,他们找不到任何能够施以帮助的人,更找不到精精儿和怪怪娃。李杏儿走了一段路,抬头看到不远处有一幢高高的大楼,楼顶的塔楼还没有被植物覆盖,想着或许那儿能够得到一些帮助。

经过艰难跋涉,他们终于到了大楼里。他们拨开灌木藤蔓,找到楼梯,一步一步爬上去。爬了几层楼,楝树儿累坏了,嘟囔说什么时候才爬到顶楼啊。

李杏儿说:"楝树儿,我们不只是救灵灵幺,还要救整个海蜃城。现在只有我们能拯救这个城市和人们了,你不想做小英雄吗?"

楝树儿浑身一激灵,他一直都是花冠村最不起眼的一个小男孩,小伙伴们玩耍时总会忘了他。现在他竟然能够有机会成为小英雄,小英雄小英雄——楝树儿马上起身,噔噔噔往楼上爬。

他们终于爬到塔楼。李杏儿推开门,发现里面装着一个大喇叭,喇叭口朝向窗外。李杏儿非常激动,这正是她需要的东西。

李杏儿想了想,对着喇叭大声喊:"精精儿、怪怪娃、灵灵幺,我是杏儿,我在这里,你们快来啊。精精儿、怪

花冠村的秘密

怪娃、灵灵幺——"

喇叭声像喊山,森林只是发出同样的长长的回音,没有别的声音回答她。李杏儿喊了三遍,换楝树儿喊。楝树儿也憋足劲儿喊。

变成人形植物的人们除了眼珠子还会动,耳朵也能听见。他们听见这个森林之城竟然还有人类的声音,这是上天派来拯救他们的天使吗?人们无比激动,可他们无法发出回应的声音,只能呆若木鸡地听着。

李杏儿和楝树儿的嗓子已嘶哑,越来越低弱。李杏儿喊了一句"精精儿——"就失声了,再也发不出声音。楝树儿惊慌地喊杏儿姐姐,吓哭了。李杏儿擦拭掉楝树儿的眼泪水,十分坚定地看着他,比画着,你要勇敢,我们一定可以救出所有人的。

这个时候,植物开始攀爬上塔楼。他们看到窗口探进一株绿油油的藤蔓,随风晃动纤细的枝条。接着第二株第三株……藤蔓越来越浓密,缠住了窗口,缠住了喇叭,像蛇芯子似的,朝他们呼呼吐出绿油油的叶子。

这些原本应该生长在大山的树木,怎么变成了这么可怕的样子?

李杏儿和小山妖

楝树儿哭喊:"杏儿姐姐,我们该怎么办?精精儿、怪怪娃、灵灵幺,你们快来啊,快来救救我们吧——"

两片淡蓝色的云雾飘来落下,精精儿和怪怪娃出现在他们面前。

李杏儿张嘴发出嘶哑的啊啊声。精精儿掏出了野果塞进她的嘴。李杏儿嚼出一嘴甜汁儿,很快她的嗓子清亮起来。

李杏儿喊了一声"精精儿",眼泪唰地落下。楝树儿跟着哭哭啼啼。

两个山妖背起他们飞出窗口。他们一飞离,植物像云团一样迅速包围了塔楼。李杏儿回头一看,整座大楼已变成了神秘诡异的绿色城堡。

皆大欢喜

不断被植物吞噬的道路上,胡小龙驾着汽车朝海蜃城城东方向疯狂驶去。副驾驶座上摆着装灵灵幺的铁笼。

灵灵幺在铁笼里一动不动,像死去一样。胡小龙不担心,就算灵灵幺死去,照样可以做成标本,卖出好价钱。

胡小龙的方向是海蜃城机场,那是植物还没覆盖到的唯一一块空间。他学过飞行技术,驾驶直升机对他来说不成问题。飞行目的地是国外,他已跟国外捕猎集团谈好一个令人垂涎的价格,只要飞离海蜃城,大把的钱就到手了。

何况他还有小红帽这件强大的武器,只要小红帽在手,他随时能将卖出去的山妖再弄回来,再卖出去——这是他秘而不宣的勃勃野心。

李杏儿和小山妖

胡小龙的车开得飞快,不断撞飞从树林里蹿出来的小动物。他眼珠子通红,头发一根根竖起来,把油门踩到底,整一个亡命之徒。

机场到了,胡小龙把汽车横在路口,试图阻挡从后面蔓延上来的植物。他用足力气推出铁笼,铁笼底部装上了轮子,他推起铁笼拼命跑。

机场里停着一排排飞机,空旷静寂。胡小龙推着铁笼奔向一架直升机。

精精儿和怪怪娃背着李杏儿和楝树儿飞在空中,两个山妖只看见植物不断地蔓向城市东面,再远处是机场。胡小龙在哪儿?灵灵幺在哪儿?

李杏儿指向机场方向说:"我们快去那儿。"

楝树儿和两个山妖问为什么。

李杏儿说:"很简单,现在火车、汽车都停了,只有机场还没被植物覆盖,只有坐飞机才能离开这座城市。"

胡小龙折腾了好长时间,才把铁笼吊上直升机。这时候,植物像潮水一样涌过道路,涌过机场四周的土地,涌进了机场,不断覆盖机场停车场、候机室、跑道上的一架

花冠村的秘密

架飞机……

胡小龙启动飞机。可是慌中出错，面对密密麻麻的飞机仪表和机械，不断出错。他狠狠给了自己一巴掌，才算清醒过来。他哆嗦着手，终于，飞机的螺旋桨哗哗哗转起来。胡小龙发出鸭子似的嘎嘎笑声。

精精儿和怪怪娃背着李杏儿和楝树儿飞到机场上空，直升机疯狂地打着螺旋桨，飞在他们的下面。李杏儿一眼看见飞机窗口摆着的铁笼，铁笼里睡着不知是死是活的灵灵幺。她从精精儿背上跳下，扑向直升机。

李杏儿一下子落在了直升机驾驶舱前窗，张开双臂遮住窗，冲胡小龙大喊，让他停下。驾驶舱里的胡小龙吓了一跳，手脚一乱，飞机摇晃起来。

李杏儿喊："精精儿，你们快想办法让飞机着地。"

两个山妖挡住了疯转的螺旋桨。这分分钟能把人搅成肉酱，对山妖来说根本不是事儿。螺旋桨在山妖的手中，像孩子玩的折纸风车，一会儿发出嘎嘎嘎刺耳的响声，慢慢停了下来。

螺旋桨一停，直升机就往地面掉。胡小龙在驾驶舱里惊恐地咒骂。潮水般的植物覆盖了整个机场，许多藤蔓类植物朝天空继续生长。有几株长势强劲的植物像长颈鹿的脖子，朝直升机伸出长长的藤蔓。

胡小龙看着离飞机窗口越来越近的植物，发出了绝望惊恐的咆哮声。这时一根藤蔓缠住了飞机轮子，然后越来越多的藤蔓缠上飞机。它们像无数只手，一下子把直升机从天空拽下。

在二人二妖和植物的合力下，直升机从天空掉下，摔向长满植物的地面。铁笼滚出来，两个山妖推起铁笼朝空旷的地方跑去。

一顶小红帽在空中飘飘悠悠。李杏儿和楝树儿追着小红帽跑啊跑。小红帽飘到一棵树上，被树枝拽住。李杏儿拿出看家本事，迅速蹿上树，把小红帽摘下来，拉着楝树儿追上两个山妖，把丢失已久的小红帽还给精精儿。

满脸是血的胡小龙拼命地从飞机里爬出来，爬了一段路，飞机轰然一声爆炸，化作一团火焰。

胡小龙绝望地嚎叫："我的山妖，我的小红帽，我的发财梦，我的——"

迅速生长的植物很快把他覆盖，从他的胳膊、腿、脸上长出绿油油的叶子。胡小龙成了一株倒地的人形植物，

除了眼珠子在绝望地转动。

二人二妖围着铁笼,用尽了一切办法,还是无法打开铁笼。笼子里的灵灵幺经过这一场上天入地的折腾,慢慢醒来。但她只是睁了睁眼,发出虚弱的哼声,又昏迷了过去。

李杏儿焦急地说:"精精儿、怪怪娃,带我们离开这里,回到花冠村。山妖不能离开山林,不能离开花冠村。山林和花冠村也不能没有山妖。"

楝树儿说:"坏人是胡小龙,不是这里的人们。"

精精儿和怪怪娃看看笼子里的灵灵幺,再看了看浓密的森林城市,很难过。很显然,他们既没法救出灵灵幺,也没法阻止城市变成森林。

李杏儿说:"城市变成森林,无辜的人们会死去。山林变成荒地,花冠村的人们也同样会死去。这样一来,山妖也变成胡小龙了。"

精精儿和怪怪娃迷茫地说:"为什么我们也变成胡小龙了?"

楝树儿说:"胡小龙害了很多人,你们也害了很多人。"

精精儿和怪怪娃拼命摇头:"不不不,我们不是胡小

龙,我们不会害人。"

李杏儿抱住他们:"我当然知道你们不会害人,现在大家很危险,只有所有山妖合力,才能救出灵灵幺和人们。快带你们的妈妈来救灵灵幺。"

在海蜃城的森林商场,就是那个大厅突然长出一株大树的商场,精精儿和怪怪娃找到了山妖妈妈和山妖们。

山妖们围着山妖妈妈在休息。这场声势浩大的生态灾难耗费了他们巨大的能量,需要好好恢复元气。

两个山妖急切地告诉妈妈,他们已找到灵灵幺,李杏儿和楝树儿在照顾她。山妖妈妈惊喜不已,欲动身起飞,可她刚飞起就摔了下来。山妖们担心地围住妈妈。山妖妈妈挥挥手说她没事,只是有点累了。

精精儿照搬李杏儿的话说:"妈妈,带我们离开这里,回到花冠村。山妖不能离开山林,不能离开花冠村。山林和花冠村也不能没有山妖。"

怪怪娃照搬楝树儿的话说:"坏人是胡小龙,不是这里的人们。"

精精儿又说:"城市变成森林,无辜的人们会死去。

山林变成荒地,花冠村的人们也同样会死去。这样一来,我们也变成那个抓灵灵幺的坏人了。"

山妖们齐刷刷地瞪精精儿,他们怎么会是坏人呢?千百年来山妖从不会主动害人,只有人类害山妖的时候,他们才会为保护自己而出手。

山妖们说:"不!我们不能离开这里。"

"不,我们不能回花冠村。"

"我们一定要让人类得到应有的惩罚。"

怪怪娃跟着说:"胡小龙害了很多人,我们也害了很多人,所以我们也会变成那个坏人的。"

山妖妈妈问灵灵幺怎么样了,精精儿照实说了。山妖们得知灵灵幺的悲惨状,忍不住又哭起来。这一哭,海蜃城又滴滴答答下起雨来。

精精儿和怪怪娃劝妈妈,再这样哭下去,不但消耗他们仅存的元气,还会让海蜃城的生态灾难更严重,那他们真的变成胡小龙这样可恶的人了。

李杏儿和楝树儿趴在铁笼边睡了一觉,他们实在太累太疲倦了。

花冠村的秘密

李杏儿被呜呜的声音惊醒,睁开眼一看,戴着眼镜的南瓜趴在地上,用湿漉漉的舌头舔她的脸颊,轻轻地叫着。

李杏儿惊喜地抱住它:"南瓜南瓜,你怎么找到我们的?妈妈怎么样了,村里怎么样了?快告诉我。"

南瓜使劲地晃尾巴,尾巴窸窸窣窣响,原来尾巴上绑着一张字条。李杏儿急忙解开字条。字条写着,花冠村的山林树木包括油茶林都枯萎了,溪沟瀑布断流了,人们靠积存下来的粮食野果度日,已熬不了几天了。人们盼望山妖能重回家园。

李杏儿的眼泪掉下来,失去了山妖的山林真的会有大灾难啊。

李杏儿说:"南瓜,你带我们找山妖们吧。现在我们只能依靠你了。"

南瓜汪汪地叫,欢快地摇着尾巴,它翻山越岭找到李杏儿,可高兴了。

二人一狗推着铁笼里的灵灵么,拣那些看起来平坦些的路走。道路多数被植物覆盖,他们一边开路,一边艰难地行走。

遇到倒伏挡路的人形植物,他们只能费力地搬开。这些可怜的人形植物被扔在边上，转着眼珠子，发出无声的呼唤："救救我，快来救救我。我们这是遭了哪门子罪，快来救救我们吧——"

他们走了整整一天，终于找到了森林商场里的山妖们。让他们想不到的是，山妖们由于消耗了大量的能量和元气，一个个精疲力竭，无力飞行。

山妖妈妈看到铁笼里奄奄一息的灵灵幺，强忍住泪水。铁笼里的灵灵幺说不出一句话。

山妖恢复元气只有一个办法——回到山林，回到生他们养他们的山林，呼吸到山林的气息，感受到土地的气息，他们才会像枯萎的水草回到水里一样重新生机勃勃。

这时山妖妈妈才意识到，这时的人类和山妖两败俱伤，双方都很惨很惨。

山妖妈妈看着眼前郁郁葱葱的森林城市，再想到即将荒无人烟的花冠村，轻轻摇了摇头，也许这一代人类和山妖要同归于尽了。

精精儿和怪怪娃从疲倦的昏睡中醒来，看见李杏儿来了，朝她开心地笑，可他们的笑比哭还难看。

李杏儿蹲在山妖妈妈面前："山妖妈妈，请相信，我

花冠村的秘密

们一定能走出这座森林城市,回到山林。现在请你告诉我们,如果我们离开,这座城市会怎么样?"

山妖妈妈沉思了一会儿说:"如果我们离开这里,一切就会恢复原样,人们不会有一丝一毫的伤害,他们只是感觉做了一个很漫长离奇的梦。当我们回到山林,山林也会重新恢复原貌,生机勃勃,花冠村的人们也会过上以往的生活,他们同样也会觉得做了一个漫长离奇的梦。"

李杏儿惊喜地说:"太好了,那我们赶紧回山林吧。"

山妖妈妈抬了抬无力的胳膊:"可我们消耗了大量能量,现在没有一个能飞回去。太阳落山前不能赶到山林,我们就会变成一团蓝烟消失,城市和山林更不可能恢复过来。"

大家全都傻眼了。森林商场一片静寂,一只小虫子发出了滚地雷般的鸣叫。

李杏儿推着铁笼走了很久,疲惫不堪。靠着找到山妖妈妈就能回到山林,让山林恢复原貌的信心支撑着自己,现在山妖妈妈这么一说,她像突然被人迎头一棒,一下子瘫软在地,头晕目眩,茫然失措。

楝树儿发现南瓜不见了,连忙四处寻找呼喊。

远处传来南瓜的叫声,他们循声望去,南瓜连蹦带跳从远处奔来,不小心撞到一棵树上,把眼镜撞飞了。掉了眼镜的南瓜成了瞎眼狗,乱跌乱撞。楝树儿忙上前捡起眼镜,帮它戴上。

南瓜蹿到李杏儿身边,激动地不停叫着。李杏儿知道它遇到了很特别的事,可这个时候会有什么事呢?能改变他们的不幸命运吗?

南瓜咬着李杏儿的裤腿往外拖,李杏儿只得跟着它走。走了一段路,远处隐隐传来呜呜呜的声响。李杏儿听了一会儿,浑身一抖,朝前奔去。

呜呜声越来越响,响得地面都在震动。

李杏儿激动地喊:"火车火车火车,是爸爸的火车,爸爸能把我们送回山林。"

李杏儿很小的时候就坐着爸爸的火车去了很多地方,是听着火车声长大的。等到她大一点,爸爸调到了另一条线路,离花冠村很远很远,一年只能回几趟家,她就跟着妈妈在花冠村慢慢长大。

火车声是遥远的呼唤、温暖的回忆,只要一响起,就能唤起她的全部记忆。

花冠村的秘密

李杏儿抱着南瓜激动地说:"南瓜,是你把爸爸找来的对吗?南瓜,你是天底下最最能干的狗狗,英雄狗狗。"

李杏儿使劲亲了一口南瓜,南瓜激动地呜呜响,使劲摇尾巴。

李杏儿站在长满灌木的柜子上,对山妖们喊:"大家听着,我爸爸来救我们了。现在大家跟我走,爸爸会把我们送回大山。"

山妖们互相看看,神情茫然,他们不知道爸爸是什么,有这么大本事能把大家带回山林。

精精儿和怪怪娃来精神了,他们听李杏儿说过爸爸是什么。

精精儿说:"妈妈,我们听李杏儿的,她是我最好最好最好的朋友。"

怪怪娃也强调:"妈妈,李杏儿也是我最好最好最好最好的朋友。我们跟她走吧。"

山妖妈妈虚弱地点点头,看着李杏儿,眼神中流露出慈母般的微笑和信赖。

在李杏儿、楝树儿和南瓜的带领下,大家互相扶着走出森林商场。山妖毕竟是山妖,再没力气也比人类强大得

李杏儿和小山妖

多,不过现在他们只能低低地飞行。远远望去,一团浓浓的蓝雾中走着两个小孩,就像从一场无边无际的梦境中走出来。

火车声像是遥远的指引,始终不停地响着。李杏儿带着山妖们走出一片又一片林子,蹚过一条又一条河流,终于来到离海蜃城很远的火车铁路边。

一列长长的火车停在那儿,吐着浓浓的烟,发出巨大的吼声。很奇怪的是,这里的铁轨没有长满植物,也许是隔了几条河吧。

李杏儿朝火车车头方向奔去。由于激动,她摔了一跤。她顾不得疼痛爬起,又摔了一跤……南瓜和楝树儿来不及扶她,她没事似的蹦起,又奔上前。跑到火车车头,她已摔了八跤,手掌膝盖都渗出了血。

李杏儿爸爸从窗口探出头,喊他们快上来。南瓜早就抢先一步蹿上,李杏儿和楝树儿上了火车,山妖们也跟着纷纷上车。

他们刚刚站稳,火车发出更响的一声吼叫,就轰隆轰隆朝前行驶。李杏儿刚叫了声爸爸,泪水就哗哗地流下

来了。

李杏儿爸爸用粗大的嗓门喊:"杏儿,别哭了,爸爸知道发生的事了。等回花冠村,你再慢慢说给我听。"

李杏儿惊奇地说:"爸爸,你是怎么知道的?"

李杏儿爸爸说:"我从报纸上看到的,说花冠村突然变成了荒村,海蜃城突然变成了森林城市,你妈妈托人打来电话,说你被山妖抓走了。我想起九公公说过,山妖离开山林就会变成这样——"

李杏儿说:"所以你认为我们一定会在海蜃城,就赶来救我们,对吗?"

李杏儿爸爸笑着说:"好孩子,半年不见,你越来越聪明了。爸爸知道你吃了很多苦。记住,所有吃过的苦会让你变得更勇敢、更有信心。"

李杏儿挂着泪花笑了。楝树儿抱着南瓜。

李杏儿跟南瓜说:"回去给你的狗脖子挂上一块小牌子,写上英雄狗狗南瓜。"南瓜跟着火车欢乐地呜呜叫。

楝树儿急得说:"那我呢我呢?"

李杏儿爸爸哈哈大笑:"我给你做一块铁牌子,钉在你家门口,写上小英雄楝树儿。"

李杏儿和小山妖

山妖们聚集的车厢里,大家围着铁笼里的灵灵么。精精儿和怪怪娃大声告诉山妖们,爸爸到底是什么。于是山妖们围着山妖妈妈要爸爸。

山妖妈妈告诉他们,山妖妈妈和山妖爸爸生下孩子们后,爸爸会离开,去开拓另一片荒芜的土地,让土地变得绿意葱茏,生机勃勃,让人类世世代代繁衍生息。千百年来都是这样,这是上天赐给山妖的使命和天职。虽然山妖爸爸没跟他们生活在一起,但他始终看顾着他们,爱着他们。

山妖们捂着胸口大声说"爱爱爱——"。

山妖妈妈惊奇地问他们怎么了。

精精儿捂着胸口说:"妈妈,你说过,如果你感到爱,这里是暖暖热热的。如果你感到恨,这里是冷冷凉凉的。妈妈,我们的胸口好暖好热。"

怪怪娃说:"如果感到爱,吃起来是甜甜的、香香的。妈妈,我们闻到了好甜好香的气味。"

更多山妖叽叽喳喳跟着说好暖好热好甜好香,一个个高兴地直打滚。

李杏儿爸爸听到声音,说这群山妖根本就是一群幼儿

园的孩子啊。李杏儿、楝树儿和南瓜跑过来,跟他们闹成一团。

随着火车离大山和花冠村越来越近,山妖们的精神越来越足,身上发出咯咯的生长声,血液在他们身体里回流奔跑。当火车呼啸着穿过第一个隧道,迎面而来的是浓浓的大山气息,山妖们长长地吸了口气,顿时活跃起来。当火车穿过第二个隧道,所有的山妖满血复活,元气足足。

铁笼里的灵灵幺慢慢地站起来,山妖们围着她唱起了古老的山歌。灵灵幺伸出胳膊,伸了个长长的懒腰,张开嘴巴,打了个大大的哈欠,扯了扯头发,这是她高兴的表现。山妖的原始力量回到她身上了。

山妖妈妈向她张开胳膊,用眼神鼓励她自己出来。灵灵幺轻而易举地一拳击碎铁笼,扑向妈妈。山妖妈妈用吻封住了她掉泪的眼睛,轻声安慰着。

李杏儿、楝树儿、南瓜、精精儿、怪怪娃抱住了灵灵幺。共同历经苦难的朋友们拥抱在一起,又唱又跳又掉泪又大笑。

火车缓缓地停在大山脚下。李杏儿爸爸跳下车,带着孩子们和山妖们朝大山和花冠村走去。

李吉儿和小山妖

　　随着山妖们飘向大山，枯萎的树木抽出枝芽，干枯的草地泛起新绿，大山重又充满绿意生机，一切比原来的更加蓬勃葱郁。

　　遥远的海蜃城，疯长的植物开始退隐，城市渐渐恢复了原貌。人形植物又变回了人，人们恍然觉得像做了一个漫长离奇的梦。刚开始时他们不敢说，怕被人嘲笑。后来有人偶尔提起，其他人也跟着说出自己的感觉，人们纷纷跟着说出那个漫长离奇的梦……

　　说的人越来越多，越说越离奇古怪。后来有人把这些写成书，编成电影，在电影院播放。人们在银幕上一次又一次回味那个惊心动魄的梦。

　　海蜃城只有一株人形植物没有恢复，是人们在机场发现的。人们把它送进博物馆。参观的人们指指点点，告诉孩子们，这是海蜃城那场庞大的集体梦里唯一没有恢复的人形植物。人们给它起名"胡小虫"，因为它看上去像一条趴着的虫子。胡小虫身上有两个眼睛似的树洞，偶尔会眨一下，闪着绝望可怜的光。

　　花冠村的人们拥到村口迎接他们，敲锣打鼓，简直把他们当英雄了。

花冠村的秘密

　　李杏儿一家三口抱在一起，爸爸说要好好陪陪她们母女俩，他亏欠她们太多了。李杏儿高兴得直扯头发。

　　九公公睡了一个漫长无比的觉醒来，看见楝树儿蹲在旁边。九公公摸了摸他的小辫子，摸出野果给他，一句话也没问，好像楝树儿只是在村外玩了一圈。楝树儿拉着爷爷走到门口，指了指钉在门上的一块铁牌，上面写着"小英雄楝树儿"。爷孙俩咧咧嘴笑了。

　　油茶林又绿意盎然了。

　　村里的孩子唱起歌：高高的山，长长的河，弯弯的路，高高山上有我们亲爱的花冠村……

　　李杏儿和楝树儿也跟着唱：清清的水，绿绿的树，白白的云，云朵下面有我们美丽的花冠村……

　　整座群山都唱起歌，那是大山里山妖们遥远的歌声：高高的山，长长的河，弯弯的路，高高山上有我们亲爱的花冠村……

　　歌声清脆明亮，直冲云霄。